Von Anthony Burgess sind
als Heyne-Taschenbücher erschienen

Das Uhrwerk-Testament · Band 01/5124
1985 · Band 01/5981
Das Reich der Verderbnis · Band 01/6587
Uhrwerk Orange · Band 01/6777
Der Fürst der Phantome · Band 01/8285

ANTHONY BURGESS

ROM IM REGEN

Roman

WILHELM HEYNE VERLAG
MÜNCHEN

HEYNE ALLGEMEINE REIHE
Nr. 01/8354

Titel der Originalausgabe
BEARD'S ROMAN WOMEN
Aus dem Englischen übersetzt
von Wolfgang Krege

Die Originalausgabe erschien 1977
im Verlag Hutchinson & Co., London

Printed in Germany 1992
Umschlagillustration: Dietrich Ebert, Reutlingen
Umschlaggestaltung: Atelier Ingrid Schütz, München
Gesamtherstellung: Elsnerdruck, Berlin

ISBN 3-453-05283-8

/1/

Im regnerischen März 196–, etwa eine Stunde, bevor er sich zum Flughafen fahren ließ, hatte er die überzähligen Liremünzen in den Trevibrunnen geworfen. Ob es irgend etwas gab, das ihn noch einmal nach Rom ziehen konnte? Gezogen hatte es ihn schon bei dieser Gelegenheit nicht gerade: Ein paar Tage Aufenthalt nur, oder so zumindest hatten sie es beabsichtigt, auf dem Heimweg von Brunei über Singapur nach London. Er glaubte Rom zu verabscheuen, aus guten Gründen: wegen seiner blutigen Geschichte, seiner feigherzigen Bürger, seiner gottlosen Bischöfe, die zugleich gottlose Päpste waren, wegen des prahlerischen Barocks, des sauren Weins und der faden Küche. Eine korrupte Stadt, eine brutale Stadt, eine Stadt voller Straßenräuber. Seine Frau Leonora hatte damals den ersten Leberkollaps gehabt und schwarzes Blut durch das Hotelschlafzimmer gespuckt. Sie hatte eine Zeitlang in einem römischen Krankenhaus gelegen, und römisches Blut war in sie hineingepumpt worden. Eine Stadt der Straßenräuber – bis in die dünnste Oberschicht des medizinischen Fachpersonals.

Gestorben war Leonora in einem englischen März. Er hätte wissen müssen, was ihr fehlte, während der ruhigen Jahre in London, als er mit Skripten für Film, Funk und Fernsehen für sie beide den Unterhalt verdiente. Er hatte sogar mal ein Stück fürs Fernsehen geschrieben, in dem eine der Figuren, ein Autor von Skripten für Film, Funk und Fernsehen, an Leberzirrhose starb. Seit den Jahren bei Radio Brunei hatte er nie den Eindruck gehabt, daß sie oder er allzuviel tranken. Natürlich schwitzte man in den Tropen den vielen Gin wieder aus, bevor er der Leber zu nahe kam. Gewiß, in Hammersmith wurde ihnen jede Woche ein Dutzend Flaschen Gordon's ins Haus geliefert, aber sie hatten sich auch eine tropische Gastfreundschaft zur Regel gemacht, die sich bis auf den Lieferfahrer erstreckte. Wein tranken sie nur zum Abendessen, und nicht jedesmal nachher noch einen Likör. In Kneipen verbrachten sie nicht mehr als zwei Stunden täglich. Ihm hatte all dies nichts geschadet; warum also ihr?

Zu spät begriff er, was ihm längst hätte klar sein müssen: Die Frau ist ein kleineres Gefäß; in keiner Frau, wie sehr sie selbst der Neigung vielleicht auch entgegenkäme, darf der Mann eine echte Trinkgesellin sehen, die Glas für Glas mithält. Hinzu kam noch etwas, wovon er gehört hatte, nämlich, daß weiße Frauen, die in den Tropen lebten, mehr als die Männer unter Vitamin-B-Mangel litten: Alles Gründe genug für den Verfall ihrer Leber. Aber auch nach dem nächsten, portalen und schwereren Blutsturz, als der Hepatologe gesagt hatte: »Wenn sie wieder trinkt, stirbt sie«, waren sie beide nicht bereit gewesen – außer in belletristischem oder literaturgeschichtlichem Zusammenhang –, das Gruselwort in den Mund zu nehmen, das die Ärzte vermieden hatten. Zirrhose – das war etwas für so eine Fernsehfigur wie diesen Caradoc Williams oder für Dick

Tarleton von den *Queen's Men*. Mit ihm hatte es nichts zu tun, warum also mit ihr? Im Regal mit den Nachschlagewerken hatte er auch medizinische Wörterbücher, in denen ihm, hätte er nur hineingeschaut, die Anzeichen unumwunden erklärt worden wären. »Wenn sie wieder trinkt, stirbt sie« – ein Satz wie für ein Fernsehspiel.

Die Anzeichen? Trübung der Augen, Stumpfwerden des Haars, Trockenheit und gelbliche Färbung der Haut, Abmagerung der Gliedmaßen bei gleichzeitiger Schwellung des Bauches. Kein merklicher Appetitverlust, keine Schmerzen, keine Beeinträchtigung des Gedächtnisses oder der Intelligenz. Sexuelle Bedürfnisse offenbar keine, aber getrennte Schlafzimmer hatten sie schon seit Jahren, angeblich, weil es so kameradschaftlicher war. Ein kameradschaftliches Verhältnis, so konnte man's nennen: sie mit ihrem Leihbibliotheksroman am elektrischen Ofen und er am abgeräumten Eßtisch an seinem Skript klappernd. Er ging einkaufen, sie kochte. Sie – nicht unbedingt auch er – trank zu Anfang der letzten Phase nur noch sehr wenig. Nicht daß sie sich die Warnung des Hepatologen sehr zu Herzen genommen hätte; aber der Blutgeschmack im Munde gefiel ihr gar nicht. »Wie Rindfleischextrakt, wenn er dir wieder hochkommt«, sagte sie mehr als einmal. Jedenfalls, viel durfte sie nicht trinken, denn sonst gäbe das wieder so einen Blutsturz, immerhin lästig, weil man dann ein Krankenhausnachthemd anziehn mußte, nicht rauchen durfte und fremder Leute Blut eingespritzt bekam.

Also trank sie lieber Schweppes Tonic, kräftig mit

Zitronenschale gewürzt, aber später sagte sie dann, verdammt, tu mir doch einen Gin rein, nur einfach, nicht doppelt, denn bloß einer am Tag kann doch nicht schaden. Ein Gläschen trockener Weißwein kann nicht schaden und eisgekühltes Bier auch nicht; kalte Sachen sind gut für den Magen. Dann gab *Time-Life* als Abschluß für irgend etwas eine große Party im Verlagsgebäude in der Bruton Street, und dazu waren sogar Skript-Autoren nebst Gattinnen eingeladen. Natürlich mußte sie mit hin. Sie sah gut aus, kippte etliche große Becher mit Gin, sprach lebhaft mit Lady Snow, mit Lord Snowdon und mit dem Oppositionsführer, das stumpfe Haar unter einer teuren goldblonden Perücke verborgen, das Gesicht durch die Kunst der Kosmetik zur alten Schönheit restauriert und den geschwollenen Leib abgeschirmt von einem eleganten golddurchwirkten Kaftan. Drei Tage später begann die letzte, portale Hämorrhöe. Der Arzt hatte auf sich warten lassen. Töpfe und Pfannen reichten kaum aus für die Sturzbäche schwarzen Bluts. Endlich kam der Arzt, wurde drängend und feierlich. In aller Eile kam sie nun in ein Krankenhaus in Ealing.

Während sie dort lag und zuerst Transfusionen und dann Inzisionen bekam, wurde er von seinem Agenten angerufen, der ihm sagte, daß den Warner Brothers in Burbank, Kalifornien, viel an seinem Besuch liege. Er sollte gleich hinüberfliegen, um über ein Drehbuch für einen ganz großen Film zu verhandeln.

»Mr. Schaumwein. Er sagt, er kennt Sie.«

»Ich muß ihn bei dieser *Time-Life*-Party gesehen haben. So ein Dicker?«

»Der Stimme nach ja. Was die dort vorhaben, ist ein Musical. Er hat sich die Sache über Shelley, Byron und Frankenstein eigens vorführen lassen, die Sie mal für die BBC gemacht haben.«

»Ein *Musical? Darüber?*«

»Ja, das mit Byron, Shelley und Mary Shelley und diesem See in der Schweiz, an dem sie in dem Sommer alle gewohnt haben; weiß nicht mehr, wann. Damals, als sie *Frankenstein* geschrieben hat und die andern so ihre Gedichte. Jemand hat nun die Idee, so eine Art Ballett mit einer Traumsequenz zu machen, in der Frankenstein vorkommt.«

»Interessant, aber ich kann jetzt nicht hin. Leonora ist sehr krank.«

»Was meinen Sie, wird sie lange krank sein? Die Warner Brothers möchten möglichst bald anfangen, über die Sache zu reden.«

»Sie bekommt Blut eingepumpt, und irgendwas, die Milz, glaub ich, haben sie ihr rausgeschnitten; und sie liegt nur noch so da, gelb und im Koma.«

»Verstehe. Also, dann sag ich denen, wie die Lage ist. Wissen Sie denn etwas über Musicals? Ich meine, die von Warner Brothers?«

»Ich hab die Sache gesehn, die sie nach dem *Playboy of the Western World* gemacht haben. Mit so einem Traumballett von Kobolden. Zu neckisch, fand ich.«

»In ihrem Kino am Leicester Square gibt es grad Percy. Gehn Sie mal rein, wenn Sie dazu kommen!«

»Percy? Wer ist denn das?«

»*Percy*! Ist der Titel. Über so einen Burschen, der den Gral sucht, über einen, der den ganzen Tag angelt, und einen mit einem Garten, der eigentlich eine Art Bordell ist.«

»Will mal sehn. Hören Sie, interessieren tut's mich schon, können Sie denen sagen, aber ich hab nun eben dies Problem. Parzival heißt der doch, meine Güte! Also sagen Sie denen, wie die Lage ist, ja?«

»Ich versuch's.«

Zwei Tage später, am Nachmittag, schien es Leonora etwas besser zu gehn. Die Ärzte hatten einen Hirnschaden befürchtet, aber als er an ihr Bett kam, las sie den *Daily Mirror* und sagte: »Fünfjähriger Junge vergewaltigt.«

»Scheint dir besser zu gehn, Schatz!« Aber sie war befremdlich gelb. Eine Horde chinesische Krankenschwestern kamen herein, zu Besuch aus Singapur, und gackerten vor Staunen, daß sie so gelb war. Die Krankenhausschwester, die die Gruppe herumführte, scheuchte sie weiter. »Ich meine, das gehört sich nicht«, sagte er.

»Was Sie meinen, interessiert nicht«, sagte die Schwester. Aber Leonora sagte den Chinesinnen auf Kuo-Yü, mit sehr akkurater Betonung, sie sollten verschwinden. Es schien ihr besser zu gehn. Er erzählte ihr von der Sache mit Warner Brothers. Sie zeigte mattes Interesse.

»Und ich denke, ich geh mir heute abend mal diesen Film anschaun. Vorher eß ich noch irgendwo. Hoffentlich kochst du bald wieder.«

»Ich würd' auch gern mal wieder was essen. Aber die träufeln mir hier bloß diese Glukose ein. Und müde bin ich!«

»Vielleicht von der Anstrengung, chinesisch zu sprechen. Ich rufe jedenfalls noch mal an, wenn ich aus dem Kino zurück bin.«

»Müde bin ich die ganze Zeit!«

Der Film war nicht gut. Der Fischerkönig hatte ein Lied von Netzen und Schätzen, und Percy, ein blonder, ziemlich alberner Jüngling, schmetterte etwas Marschmäßiges, daß der Weg zwar schmal sei, aber trotzdem würde er hinfinden, allemal, zum Gral, zum Gral, zum Gral, und in Klingsors Zaubergarten gab es ein süßliches Liebesgeschwelge. Trotzdem, er konnte sich nun denken, was man vermutlich für diesen *Liebessommer am See* (ob das vielleicht schon ein Titel war?) von ihm wollte, und darüber dachte er ein Weilchen nach, bei drei doppelten Gins in einer lauten Kneipe am Leicester Square, und fragte sich, wie lange es bloß dauern werde, bis es Leonora wieder besser ging. Von zuhause in Hammersmith rief er dann im Krankenhaus an. Unverändert, sagte man ihm; sie würde ruhig schlafen. Er ging zu Bett.

Fünf nach halb drei, eine Stockfinsternis und Regengepladder, klingelte das Telefon auf dem Nachttisch, mitten in einen anscheinend sinnlosen Traum hinein, etwas mit Rom, Rom im Regen (Gral, wüstes Land, Papst, Erlösung?)

»Mr. Beard?« Männerstimme, Ceylonese, Dr. Lalkaka oder so ähnlich.

»Am Apparat!«

»Mrs. Beard– Kommen Sie lieber her!«

»Was ist mit–?«

»Kommen Sie lieber gleich her!« Während er sich

anzog, braute sich in seinem Kopf eine triste Schnulze zusammen, etwas mit Rom, Rom im Regen, und ich geh dir entgegen, ob Kummer ob Segen, Rom, Rom im Regen. Dummes Zeug; Rom konnte nicht viel dafür. Zusammengebrochen war sie zwar dort, auf dem nassen Kopfsteinpflaster in der Nähe der Isola Tiberina, und ein paar Leute hatten *ubriaca, ubriaca* gesagt, eine Besoffene. Gefühlloses Pack, waren nicht mal bereit gewesen, ihr aufzuhelfen oder ein Taxi rufen zu gehn. Aber das hätte überall passieren können. Jetzt versuchte er, ein Taxi zu rufen, ein Minitaxi, irgendwas, aber es schien aussichtslos. Es war fünf durch, Frühlingsanfang wie er auf dem Snoopy-Kalender hinter der kleinen Bar im Wohnzimmer sah, wo er herumtelefonierte; als Gedenktag leicht zu merken, hätte in ein viktorianisches Gedicht gepaßt, erblassest unter den Narzissen, aber zugleich war es eine nasse, finstere Nacht, und nirgendwo ein Taxi zu kriegen. Doch: Da war eines, ein Funk-Taxi, das grad einen Fahrgast nach Hounslow brachte, das würde kommen; etwa vierzig Minuten, wie war noch mal ihre Adresse? Aber meine Frau liegt im Sterben. Tut mir leid, Meister, aber wir tun, was wir können, trösten Sie sich und denken Sie mal, daß da niemand was dran ändern kann; brauchen Sie sich keine Vorwürfe machen, wenn Sie nicht rechtzeitig hinkommen.

Er rasierte sich mit dem Batterie-Apparat, während er in dem langen Raum auf und ab lief. Auf dem Eßtisch gleich neben der Küchentür stand die Olivetti Lettera 32, Normblatt 45 eines Skripts eingespannt, etwas fürs Fernsehen; mitten im Satz hatte den Sprecher die

Maulsperre befallen. Taktvoll hackte er die Rede zuende, damit der den Mund zubekam. »Diese ganze belämmerte Welt ist jetzt ein Misthaufen voller gakkernder Politiker, die keine Eier legen, und das *Ia* des Esels draußen auf dem Feld hört sich wie eine Rezessionsdrohung an.« Scheiße! Draußen brummte das Taxi.

Im Wagen probte er Sprüche. Laß sein, Schätzchen, laß sein, der Tod ist nichts Schlimmes, siehst du, da kommt er, ganz sachte, fährt dich weich durch alle Kurven, egal wo du hin willst, mußt nur lächeln. Ronald Beard als psychologischer Sterbehelfer, ein unfähiger Mann! Aber als er hinkam, war sie drüber hinaus – mit dem letzten Atemzug noch, wie er sich's vorgestellt hatte – den Anschein erwecken zu wollen, als schlürfe sie diesen Schmus à la Huxley in sich hinein. Von ihrem Bett in der Mitte des langen Stationssaales war sie in ein Einzelzimmer am einen Ende der Station verlegt worden. Sie schimmerte im schonenden Licht mit der Patina einer alten Goldmünze; nur noch ein paar flache Atemzüge, und es war zu Ende. Er wartete etwa drei Minuten, um sich zu vergewissern, daß er nun der Witwer Ronald Beard war.

Morgen vormittag mußt du noch mal hin, ihre Ringe abholen und die Sache mit dem Totenschein erledigen. Einstweilen wieder heim durch den Regen, den Morgen abwarten, den Vormittag, bis zu einer annehmbaren Zeit, um die Freunde und Verwandten anzurufen. Tut mir leid (aber eigentlich genoß er's), aber ich muß euch was Trauriges sagen. Das Taxi hatte ein Radio, das Pop-Musik spielte. Es machte ihm eigentlich nichts aus, aber sein Witwertum verlieh ihm gewisse Rechte, die wahrgenommen sein wollten, einfach weil es Rechte waren, und als eine Gruppe namens *The Grateful Dead* angesagt wurde, machte er sie geltend. Der Fahrer maulte, denn auch er hatte seine Rechte, gab aber nach.

Eine Woche später war die Einäscherung in Mortlake. Inzwischen hatte er die meisten Sachen, die sie getragen hatte, aus dem Haus geschafft, zu einer örtlichen Hilfsorganisation, die dergleichen an die Armen verteilte. Die Armen? So arm die auch sein mochten, sie waren noch am Leben. Auch über Gespenster begann ihm manches klar zu werden, denn er hörte Leonora im Badezimmer husten und sah sie eine halbe Sekunde lang wie immer in ihrem Sessel sitzen. Er war so verdammt alleine, trotz der Frauen, die bei ihm klingelten, Nachbarinnen, sagten sie, aber er kannte sie nicht, Witwen, Geschiedene, darunter zwei, die sagten, sie hätten ihre Männer gehaßt, und alle wollten sie mal fragen, wobei sie ihn voll Mitgefühl anschielten, ob sie nicht irgendwie behilflich sein könnten. Die Einäscherung war die übliche Einäscherung, wie sie üblicherweise von den örtlichen Bestattungsdirektoren gezündet wurde, mit »Der Herr ist mein Hirte« vom Tonband und ein paar markigen Worten des ortszuständigen Einäscherungspfarrers über die lachhaft selbstverständliche Wahrheit der Lehre von der Wiederauferstehung des Fleisches. Dann gingen die Freunde und Verwandten fort, mit Andenken an die Verstorbene: einem Bibermantel, einem Paar Kalbslederschuhe, Schmuck und Silberzeug, einer noch beinah vollen Flasche Gin. Und wieder war er so verdammt alleine.

Außerdem war er fünfzig. Sechsundzwanzig Jahre waren sie verheiratet gewesen. Sex hatte er sich abgewöhnt. Zur Untreue wäre er schon um der Gesundheit willen mehr als bereit gewesen, nur hatte er befürchtet, daß sie genau zum Zeitpunkt seiner Untreue wieder Blut spucken und ihm eine ewige Schuld aufladen könnte. Außerdem, wie sollte das gehn mit dem Kochen? Sie war eine gute Köchin gewesen, auf die schlichte waliser Art, und nun stand er da und schlug hartgekochte Eier am Spülbecken auf. Aus der *Bon Viveur*-Seite im *Daily Telegraph* erfuhr er, wie man Kalbfleisch in Marsala schmort, und für den Nachtisch, da der Marsala einmal aufgemacht und noch nicht ganz verbraucht war, gab es auch noch einen *Zabaglione*. Beim Essen erinnerte er sich, daß er mit Leonora kurz vor ihrem Kollaps im verregneten Rom genau dasselbe gegessen hatte, damals allerdings noch mit Artischokken, und er hatte sich geärgert, daß sie *Zabaglione* mit hartem *g* sprach.

»Das ist falsch«, sagte er. »Ein Hohn auf die Sprache!«

»Hohn auf'n Arsch! Kommt drauf an, wer hier der Herr ist, oder Herrin, meinetwegen, du oder die Sprache? Hohn auf die Sprache, meine Güte!«

»Das ist dumm, und du weißt es selbst.«

»Möchtest du gleich diesen *Zaback*«, sagte sie leise, »*Lione* in die Fresse kriegen?«

Immer schnell aufbrausend; das waliser Blut. Nach dem Essen spielte er auf der Stereo-Anlage Schönberg. Sie hatte Schönberg immer gehaßt. Mach bitte diesen Scheißlärm aus! Oder manchmal auch: Du weißt doch, daß mir nicht gut ist und ich Kopfschmerzen krieg von der Musik! Nimmst du denn gar keine Rücksicht? Jetzt konnte er *Moses und Aaron* spielen, so laut er nur wollte. Nein, konnte er nicht: Ein mahnendes Pochen an der Wand. Kaum bist du die eine Freiheitsbeschränkung los, wartet schon die nächste. Guter Satz, mußte er bei Leonora mal ausprobieren. Ach ja, klassische Situation; gab es ein Sonett drüber von Wordsworth: *Surprised by joy, impatient as the wind.* Zu Abend aß er dasselbe wie zu Mittag, damit der Marsala verbraucht wurde. Dann ging er in seine Kneipe, die *Drei Federn*, ganz in der Nähe, spielte Pfeilwerfen und trank sich mehr oder weniger einen an. Zwanzig nach elf lag er im Bett; fünfundzwanzig nach elf schlief er.

Fünf nach halb drei, eine Stockfinsternis und Regengepladder, klingelte das Telefon auf seinem Nachttisch. Das Leuchtzifferblatt seiner Uhr zeigte ihm wie immer die Zeit an. Er lag ganz still und konnte sich nicht rühren. Es klingelte weiter. Er konnte den Hörer nicht abnehmen. Da fing alles wieder von vorn an: Die zwei Wochen seit dem Anruf neulich hatten sich zu sowas wie einer Filmschleife verspult, und wenn er jetzt den Hörer abnahm, mußte er zeitlebens immer wieder dieselbe Sequenz durchmachen, immer und immer wieder von vorn. Endlich hörte das Klingeln auf, der Minutenzeiger rückte weiter, und nun war er wohl sicher. Er machte Licht, steckte sich eine Schimmelpennink-Duett an, las in den schon geschriebenen Teilen seines neuen Fernsehstücks, mit Herzklopfen, das aber wohl hauptsächlich vom Alkohol mitsamt dem Marsala kam, und es gefiel ihm nicht besonders. »Zehn Jahre bin ich jetzt mit dir zusammen, und weiß der Himmel, wie ich das ausgehalten habe. Jedesmal, wenn ich diesen kleinen Doppelknurrlaut höre, der bei dir immer einer gravitätischen Sentenz vorausgeht, die ich schon hundertmal gehört habe, möchte ich schreien. Ich möchte schreien, schreien, schreien und–« Das Telefon klingelte von neuem. Zwölf nach drei. Diesmal konnte's nichts schaden. Er nahm ab, und in der Leitung schmorte Kalifornien. Die Jäger in Amerika sind auf der Pirsch. Eine Frauenstimme, hart wie gefrorener Orangensaft, fragte, ob er Mr. Beard sei. Mr. Schaumwein möchte Sie sprechen, ich verbinde.

»Sie haben Furchtbares hinter sich, Ron, wir wissen's, darum möchten wir Sie jetzt gern hier haben. Um dieses Projekt zu besprechen. Unser Londoner Büro weiß Bescheid, Jack Mohammed wird alles für Sie erledigen. Sie müssen wieder zu leben anfangen, Mann; der Tod ist Quatsch.«

»Haben Sie schon mal angerufen? So vor vierzig Minuten?«

»Schon mal angerufen? Haben wir ihn schon mal angerufen, Helen, so vor vierzig Minuten? Nein, niemand hat Sie vorher angerufen, Ron, nicht aus unserm Büro; da müssen Sie wohl so einen, na, verdammt, wie heißt das, prämonitorischen Traum gehabt haben, geschlafen haben Sie doch, klar?«

»Danke! Vielen, vielen Dank! Und ich will's mir überlegen, was Sie gesagt haben. Ich meine, der Tod, daß alles Quatsch ist.«

»Machen Sie!« Und ohne Verabschiedung, Hollywoodmanier, wie Beard noch lernen sollte, wurde aufgehängt. Die Schleife war aufgeschnitten und eingeklebt in die große Spule des Lebens, das weitergeht. Zu banal, dachte er, sogar für ein Fernsehstück. Der erste Anrufer war offenbar jemand gewesen, der sich verwählt hatte.

Das Flugzeug von Heathrow nach Los Angeles hatte nur eine Zwischenlandung, nämlich auf dem O'Hare-Flughafen von Chikago, wo die ganze Mannschaft wechselte. Die neuen Stewardessen in der Ersten Klasse waren grotesk, aber verführerisch als königliche Schildwachen, Mundschenke oder »Beefeaters«, gekleidet, in Miniröcken, aber mit Halskrausen und Wappen. Ihre Schlüpfer, wie er deutlich sah, als die eine namens Janie sich vorbeugte, um an einem Fensterplatz einen Martini zu servieren, hatten das *Union Jack*-Muster. Die Fluggesellschaft ließ der Phantasie ihrer Werbemenschen freien Lauf und startete grad heute eine Servicetraumserie für den Binnenverkehr. »Das Beste aus beiden Welten im Fluge genießen«, stand in einem nylonbefransten Prospekt, und den Anfang machte heut eine gastritisch-gastronomische Parodie Englands – »nicht das alte betuliche, sondern das moderne dynamische England der Carnaby Street.« Beard bekam starkes Ale aus Milwaukee vorgesetzt, in einem Plastik-Maßkrug, den er, wenn er wollte, als Souvenir ans fröhliche Altengland mitnehmen konnte, und zu Essen gab es etwas, das sich *Pub Lunch* nannte und aus einer Art mild gewürztem Krabbensalat mit Thousand-Island-Soße bestand. Bei späteren Flügen, so las er, würden Frankreich drankommen (»Oo lala, Sie fliegän mit mir ins lachndä Pariii!«), Italien (»Daccapo spaghetti applauso! und dazu die schmelzenden Arien von Joe Green – wie von Verdi, aber mehr etwas für ihren Geschmack!«) und Manhattaner Penthouse (vielleicht wäre das authentischer, vielleicht gerade nicht). Nach dem Lunch schenkte eines der appetitlichen Beefeatermädchen ihm einen Beefeater-Gin mit Tonic ein, den ganzen Weg bis Los Angeles, so daß er ziemlich blau war, als er in den Studio-Wagen einstieg, der ihn unter dem goldenen Smoghimmel erwartete. Der Tod ist Quatsch, jawohl!

Das sagte Ed Schaumwein noch einmal, nachdem sie sich den Waldfriedhof Forest Lawn angeschaut hatten. Leonoras Tod mußte in die richtige Perspektive gerückt werden, durch den Aufweis nämlich, daß der Tod auch eine Seite des Lebens oder das Leben eine Seite des Todes war oder so ähnlich. Beard sah eine sonnenbeschienene Vergrößerung von Leonardos »Abendmahl« und hörte dazu einen salbungsvollen Kommentar vom Tonband. Im Friedhofsladen gab es Plastikfigürchen von David, von den drei Grazien und von kleinen Mädchen, denen der Wind die Röcke lupfte. Beinah hätte er eine Anzahlung geleistet, um sich eine Grabstelle im Poetenwinkel zu sichern. »Nichts übereilen!« riet ihm Ed Schaumwein. »Zuhause haben Sie doch den echten Poetenwinkel in Westminster. Vielleicht schaffen Sie's noch bis dahin, Mann, und ganz umsonst.« Ein prachtvoller Mensch, Ed Schaumwein, wie Dschingis Khan, den er tatsächlich schon gespielt hatte, vor seiner Produzentenzeit, neben vielen anderen Rollen. Auch fürs Essen hatte er Sinn, sie aßen zusammen heiße Pastrami-Sandwiches in einem Lokal vor den Friedhofstoren, das »Zur letzten Chance« hieß. Worauf es für Ron jetzt ankam, versicherte ihm Ed Schaumwein, war, daß er wieder anfangen mußte zu leben, und das bedeutete ein bißchen arbeiten und viele Frauen flachlegen.

»Zu sowas hab ich leider gar keine Beziehung mehr.«

Ed Schaumwein wies ungläubig das angekaute heiße Pastrami vor. Beard erklärte ihm alles: Schuldvermeidung, Überlegenheit der Ehe als einer komplexen Semiotik über den bloßen Sex, und darum und darum und darum ... Es war Quatsch, und er wußte es selbst. »Das ist Quatsch, und Sie wissen es selbst«, sagte Ed Schaumwein. »Sie gehören flachgelegt.«

Bei Warner Brothers in Burbank, in Schaumweins Büro, das mehr Bar als Büro war, besprachen sie das Filmprojekt unsystematisch, aber kreativ – was soviel wie betrunken hieß. Manchmal war der Skriptdirektor dabei, ein grimmig nüchterner Mann, der viel von Motivation redete, und manchmal auch Roy Hill, ein aufstrebender junger Regisseur, der bei Hindemith Musik studiert und eine Dissertation über *Finnegans Wake* geschrieben hatte. Die Ursprünge des Projekts ließen sich bis zu einer Hollywood-Party zurückverfolgen, bei der Paul Newman oder so jemand gesagt hatte, wen er gern mal spielen würde, das wär der Byron; sympathischer Bursche, der Mann, hatte trotz seinem Humpeln unglaublich viele Frauen flachgelegt, obendrein Dichter; und dann war gleich eine exophthalmisch-klaudikante Interpretation gefolgt, von der Joanne Woodward gesagt hatte, daß sie eher Frankensteins würdig gewesen wäre – sie meinte Frankensteins Ungeheuer. Das Lachen über diese, wie es allen Anwesenden bis auf einen schien, total unmögliche Rollenbesetzung erstarb, oder wäre bei einer nüchterneren Zusammenkunft gewiß erstorben, als nun dieser eine loslegte, ein verdrießlicher Rewriter, der ganz ernsthaft erklärte, daß Byron wahrscheinlich ganz ernsthaft die Autorin des *Frankenstein* beim Rewriting beraten habe; und dann erzählte er allen, die ihm zuhören mochten, die ganze Geschichte von diesem sehr kreativen Sommer an den Ufern des Genfer Sees. So hatte eins das andere ergeben, und manches wahre Wort war dazu gefallen, und da saßen sie nun, Ron und Ed, während draußen die Wassersprenger Regenbögen über den Rasen zogen und der goldene Smoghimmel zu ihnen hereinleuchtete, und waren sehr kreativ.

Wenn sie einmal nicht so kreativ waren, wurde getrunken und gegessen: im Brown Derby, im Bistro oder bei Chasen, mit dem lieben Ed und seiner Frau, der lieben Molly, einer reizenden Rotblonden, die eine damenhafte Neigung zum Zen und zur Astrologie pflegte. Auch noch ein ganz nettes Mädchen oder mehr eine Frau war dabei, die einmal Miss Amerika gewesen war, oder vielleicht waren es auch mehrere Frauen, die eine um die andere in verschiedenen Jahren alle einmal Miss Amerika gewesen waren. Der liebe Ed tat sein Bestes, um Beard flachlegen zu lassen, aber Beard konnte sich in diese neue Umgangsform nicht einfach so und übergangslos hineinfinden. Dann gab es eine große Party in Eds Bungalowschlößchen in Bel Air, und nun erst begann alles anders zu werden, und allmählich, stumm, dünn und nicht sichtbar zerstreute sich der Same seiner bislang unausgesprochenen und uneingestandenen Zweifel an der Brauchbarkeit solcher Sätze wie *der Tod ist Quatsch*. Denn aus dem Gewimmel goldzahniger Agenten, Regisseure, Musikeinrichter, Schauspieler und so weiter tauchte nun Paola auf. Sie wurde ihm zuerst als Paula Lucretia Belly vorgestellt, so daß er sie nicht gleich als Italienerin erkannte. Denn wenn ein Mann Schaumwein heißen konnte, dann war auch Belly, »Bauch«, für eine schlanke junge Frau wie diese kein unmöglicher Name. Aber dann stellte sich heraus, daß sie Paola Lucrezia Belli hieß, ein Zuname, der, vermutete Beard, soviel wie »aus der Familie der Schönen« bedeutete und den sie vollauf zu Recht trug. Den Endvokal mußte man nur richtig anheben. Sie sprach gut englisch, mit britischen Lauten, doch dem mediterranen Belcanto. Als erstes fragte sie ihn, wie denn er heiße.

»Wie kann man nur Beard heißen und keinen Bart haben? Merkwürdig, oder vielleicht auch nicht. Aber wahrscheinlich haben Sie solche Bemerkungen zu Ihrem Namen schon oft gehört.«

»Hauptsächlich beim Militär. *Beard, der mit Recht so Genannte*, und ähnliches bekam ich bei den Appellen zu hören. Aber natürlich hab ich mich immer besonders gut rasiert, weil ich ja wußte, was man sagen würde. Ich habe tatsächlich einen ziemlich starken Bartwuchs; ich muß mich zweimal am Tag rasieren. Aber einen Bart hab ich mir noch nie stehenlassen. Es wäre irgendwie unpassend, glaub ich.«

Sie hörte mit höflicher Aufmerksamkeit zu. Dann sagte sie: »Ihr Name ist mir das erste Mal in einem Kino in Rom begegnet, im *Pasquino* in Trastevere. Dort werden Filme auf englisch gespielt. Sie hatten die *sceneggiatura* für einen Film geschrieben, der mir gefallen hat.

Ein englisch-französisch-deutscher Film mit einem italienischen Regisseur.«

»*Das Mädchen vom Jüngsten Tag*?« sagte Beard. »Ach, die haben so viel geändert. Ich meine, Ruffini, der hat's gemacht. Alle Regisseure möchten schreiben, aber sie können nur umschreiben. Es ist ganz anders ausgegangen als bei mir.«

»Das Gerüst, der Knochenbau war gut«, sagte sie mit einer etwas tiefen Stimme, deren Klang sich dem ersten Eindruck nach schlecht mit ihrer kleinen, gedrungenen Figur vertrug, besonders, weil unter all diesen prachtvollen kalifornischen Riesenweibern so viele kreischten und piepsten. »Der Knochenbau war gut.« Sie lenkte den Blick von seinen Augen abwärts, als wollte sie durch den leichten Anzug aus Brunei hindurch nun seinen eigenen Knochenbau mustern, dann wieder aufwärts in seine Augen, die gut zehn Zoll höher als die ihren waren. Ihre Augen waren groß, klar und dunkelbraun mit goldenen Sprenkeln; sie standen weit auseinander und wurden von etwas hohen schwarzen Brauen überwölbt. Eine dichte Wolke schwarzen, mittelmeerischen Haars hing ihr in gepflegter Unordnung über die niedrige weiße Stirn.

»Sind Sie auch beim Film?« fragte er.

»Fotografin«, sagte sie. »Standfotos für Illustrierte. Heute hab ich Frank Sinatra bei seinen Proben fotografiert.« Auf dem Gelände der Warner Brothers stand ein Gebäude, das die Privatunternehmungen dieses Alleinunterhalters beherbergte, nicht weit von dem Schloß, das man für *Camelot* aufgebaut hatte.

»War er sehr grob zu Ihnen?« Sie mußte ungefähr

dreißig sein, vielleicht auch jünger. Sie war leger gekleidet, in Pullover, Minirock und Stiefeln.

»Darauf achte ich nicht. Ich bin bloß eine herumflitzende Kamera. Zu einer Kamera kann niemand grob sein.«

»Ihr Englisch ist gut. *Dart about*, herumflitzen, sehr idiomatisch! Wo haben Sie das gelernt?«

»Mein Mann war aus Trinidad. Jetzt bin ich geschieden.«

Angaben zum Personenstand, wie das in Formularen hieß. »Ich bin verwitwet«, sagte Beard.

»Ich weiß«, sagte sie. »Ed hat etwas davon gesagt«. Sie widmete ihm einen Blick, den er, wenn es für ein Drehbuch gewesen wäre, als prüfend bezeichnet hätte. Ob Ed, so unwahrscheinlich das war, mit ihr über das Erfordernis, Beard flachzulegen, und über ihre Eignung für diese Aufgabe gesprochen hatte? Dann wurden sie im lauten, ausgelassenen Getümmel der Party getrennt. Beard ging in eines der Badezimmer, wo die mit einem Läufer aus Nerz verhangene Toilette zunächst schwer zu finden war, und dort nun prüfte er, denn dies Wort war ihm eben selbst eingefallen, die eigene Erscheinung im Spiegel. Fünfzig, doch, man sah es an den Linien um die Augen und an der leichten Schlaffe unterm Kinn. Aber sonst war es kein übles Gesicht, besonders mit so einem bißchen kalifornischer Sonnenröte, und Zähne hatte er wie ein ganz junger Mann. Der Zahnarzt hatte einmal gesagt, er sei einer der wenigen Glücklichen, die ihre Zähne nicht überleben würden. Noch besser, wenn deine Stücke auch so zählebig wären, aber alles kann man nicht haben. Er hatte keine Wampe, nur eine leichte Wölbung, wie ein knabenhafter Silen. Gesicht und Körper waren von gutem Knochenbau. Es war also Zeit geworden, in vollem, aber besser nicht zu vollem Ernst an diese Sache mit dem Flachlegen oder Flachgelegtwerden zu denken. Es war nicht so sehr diese Miss oder Signorina Belli, sondern der Eindruck von Handfestigkeit, den sie ihm machte: vermutlich eine, die ihre Körperhaare nicht entfernt hatte und nach Knoblauch roch, wenn man ihr nah genug kam, nicht so strahlend fad wie diese kalifornischen Göttinnen, die stolz darauf waren, der zweidimensionalen Kultur, die nach gar nichts roch, anzugehören, was ihn allmählich begreifen ließ, daß er dieses Geschäft ohne Leichtfertigkeit angehen mußte. Es kam wohl daher, sah er ein, daß er eben Europäer war, wenn auch ein noch so marginaler. Denk nicht mehr ans Flachlegen, denk mal an Liebe! Aber *Liebe* war auch nicht ganz das rechte Wort, denn es bezeichnete, was zwischen Leonora und ihm gewesen war, oder zumindest hatten sie sich dessen beinahe täglich versichert. *Amore* war vielleicht besser.

Am Ende der Party fand Beard heraus, daß Paola Lucrezia Belli ebenso wie er selber im Beverly-Wilshire wohnte und daß ein gewisser Chuck Megroz, seines Zeichens Harfenist des Studio-Orchesters, in diese Richtung fuhr und nur allzu willens war, sie zusammen dorthin zu bringen. Beard saß mit Paola auf dem Rücksitz des Riesenfahrzeugs, das unterwegs stereophonisch die *Danses sacrées et profanes* von Debussy abgab, und er war unentschlossen, ob er ihre Hand nehmen sollte, eine kleine, bräunliche Hand, die so aussah, als ob sie zupacken könnte. Er gab sich lieber damit zufrieden, *La ci darem la mano* zu summen, ohne Rücksicht auf Debussy, und sie antwortete, ebenfalls summend, mit *Vorrei e non vorrei.* Das wollte nichts heißen.

Sie stellten fest, daß ihre Zimmer auf demselben Flur lagen, aber sie beeilte sich, ihm zu einem konventionellen Gutenachtgruß ihre *mano* zu geben und dann erhobenen Hauptes, in schöner italienischer Haltung davonzuschreiten. Also zog er ab auf sein Zimmer, merkte, daß er auf Grund einer obskuren Erregung nicht schlafen konnte, und arbeitete im Bett an einem Liedchen für den Liebessommer am See – so hieß der Arbeitstitel. Als sich zu einer Schlagermelodie ein Geblödel von Reimen auf Belli und Shelley in sein Bewußtsein kringelte, merkte er, daß er sich nun dem Schlaf überlassen konnte. Aber Belli und Belly wollten nicht weichen; er fragte sich, warum »Bauch«, trotz seiner prächtigen Verwendung im Hohen Liede, für die Umgangssprache etwas Komisches oder Anstößiges bekommen hatte. Dein Bauch ist wie eine Glocke, umsteckt mit Rosen. Dann schlief er ein. Er hatte keine Träume.

Zehn nach sieben weckte ihn das Telefon. Er nahm ab, aber niemand war dran, seltsam! Zwei Minuten später klopfte es, seltsam, und er ging zur Tür, nackt bis auf ein umgenommenes Badetuch, denn Nachtzeug hatte er keines mitgenommen auf diese Reise, seit Frühlingsanfang nur mit leichtem Gepäck, und da stand Paola, barfuß, in einem blauen Morgenrock, das Haar offen. Er ließ sie gleich ein und sagte: »Haben Sie eben angerufen?«

»Zum Wecken«, sagte sie, ließ den Morgenrock auf

den Teppich fallen (wie er es schon mal von einem Mädchen in einem seiner eigenen Fernsehstücke gesehn hatte, aber anders, denn die Sendung mußte *familiengeeignet* sein) und stieg ins Bett, herrlich und vollkommen nackt.

»Und ist das ... hat das«, sagte Beard, der seinen Batterie-Rasierer gepackt hatte und sich die Nachtstoppeln scherte, mit zitternder Hand, so daß dunkle Flecken stehn blieben, »Ed, ich meine hat der Sie ...? Tut mir leid, aber ich muß das erst machen, ich bin wie ein Reibeisen morgens.«

»Lieber morgens als nachts. Nein, ich bin's, nicht er. Du hast so verlassen ausgesehen, nett auch. Beeil dich!«

»Und bitte«, sagte er, Aftershave vertupfend, »ich hab so lange nicht! Du lachst mich nicht aus, nein?«

»Lächeln ist erlaubt?« Sie lächelte. Und dann war er bei ihr, nicht so herrlich, aber ebenso vollkommen nackt. Er nahm sie in die Arme, überfließend vor Erleichterung, Dank, Lust, Zuneigung, Zorn über die lange Entbehrung und unvermeidlichem Schuldgefühl wegen der Ablehnung (denn vor allem dazu hatte ihm die Kameradschaftlichkeit ihrer Ehe gedient) von Leonoras krankem, geschwollenem Leib, den ihm die Formen dieses gesunden, biegsamen nun aufs deutlichste vergegenwärtigten. Ihr Kuß schmeckte nach Spalierobst mit Zahnpasta, und als er ihre weiche Rückenlinie nachzog, sacht abwärts bis zur Taille und dann, ausgreifend, über den üppigen Hintern, hätte er heulen können in den Verwicklungen eines Gefühls, das einem kosmischen Wüten näher zu kommen schien als der demütigen Dankbarkeit für eine so lang entzogene und nun so freigebig gewährte Gnade. Jedenfalls, eine lang hingestreckte Gnade war es, die in vielen Küssen auslief, Küssen, die er mit einem ungeahnten Hunger verzehrte und denen Wörter wie »Liebchen«, »amore« und »darling« beilagen. Um halb neun klopfte es, und er hörte die Tür aufgehn. »Das Frühstück«, sagte Beard. »Ich bestelle immer schon abends. Es wird für zwei reichen.«

Der braunhäutige Kellner karrte ein Tablett herein: Orangensaft, Kaffee, Haferbrei, Sahne, Spiegeleier, Corned Beef-Haschee, Schinken, Joghurt, ein Körbchen mit Brot, eine klirrende Karaffe Eiswasser. Sie schaute unter der Bettdecke hervor; er war auf, das Handtuch umgenommen, weil er die Rechnung unterschreiben mußte. Als er unterschrieb, fiel das Handtuch herunter. Sie lachte. »Entschuldigung, tut mir leid«, sagte er zu ihr und zum Kellner. Der Kellner, in gutem, sogar ein wenig professoralem Englisch, sagte:

»Der natürliche Zustand der Menschheit! Nichts, was Ihnen leid tun müßte. Guten Appetit!«

Den Mund mit Joghurt umrahmt, an einem Croissant kauend, den sie in schwarzen Kaffee getaucht hatte, sagte sie:

»Frühstückst du immer so reichlich?«

»Nur wenn Warner Brothers zahlen. Außerdem brauch ich dann nichts zu Mittag. Wenn ich zu Mittag esse, bin ich nachher immer schläfrig.« Er bot ihr zwei Spiegeleier an. Sie schüttelte das Haar. Ungeduldig griff sie nach seiner Armbanduhr und verstreute Krümel über seinen Unterarm. Sie sagte:

»Ich muß schnell machen. Ich muß jemanden fotografieren–«

»Wen?« fragte er eifersüchtig. »Wieder diesen blöden Sinatra?«

»Eine Striptease-Tänzerin, die inzwischen eine große Schauspielerin geworden ist. Sie hat mitgespielt in der *Liebeskanone*, ich glaube, so hieß es. Und um halb zwölf geht meine Maschine. Nach Rom.«

Also, das war alles, was draus werden sollte. »Trastevere?«

»Woher weißt du's? Ja, Piazza Santa Cecilia.«

»Nein!« sagte er gequält. Und dann, in lautem Schmerz, die Gabel mit Corned Beef auf den Teller hauend, sagte er noch mal »nein, nein nein! Du kannst nicht! Du darfst nicht!«

»Ich kann, ich muß. Ich hab meine Arbeit.«

»Mußt du nicht haben, ich werd für uns beide arbeiten. Ich krieg fünfzigtausend Dollar für dies Drehbuch, geht aber noch die Gebühr für den Agenten von ab, Gott soll ihn strafen!« Dann: »Ich komme mit.« Dann: »Ich kann nicht. Nicht heute. Ich muß mit diesem Flesher, Fleischer oder Fischer sprechen. Wegen der Lieder. Aber morgen, da könnt' ich. Oder übermorgen.«

»Übermorgen muß ich von Rom nach Paris. Nächste Woche bin ich dann wieder in Rom.«

»Ich kann dich nicht fortlassen, ich kann nicht.« Er schob das Corned Beef-Haschee beiseite und versuchte, sie in die Arme zu nehmen, wobei ihm das Badetuch wieder herunterfiel. Sie schob ihn weg und zog sich den Kragen des Morgenrocks züchtig-straff um den Hals. Er sagte, während ihm das Herz klopfend tiefer rutschte: »Ich komme nach Rom, ich komme hin.«

Sie schaute ihn feierlich prüfend an; dann bog sie sich zu ihm hin und gab ihm einen ausführlichen, herzlichen Kuß. »Dich küß ich gern«, sagte sie. »Es gibt nicht viele Männer, die ich gern geküßt habe.« Die Sonne von Kalifornien brach durch den Smog und schien auf den verwüsteten Frühstückstisch.

/2/

»Aber was steckt denn an Erzählung drin?« fragte sie, als sie ihn auf die linke Schulter geküßt hatte. »Ich meine, was macht es denn zu einem guten Film?« Sie lagen im Bett, viertel nach neun, an einem strahlenden Vormittag in Trastevere.

»Es muß so gehn, daß Byron sich ziemlich brutal an Mary Shelley heranmacht, und dann will Percy Shelley ihm eine reinhaun, hat aber kein Chance, denn Byron ist ja Boxer, Schwimmer und Kricketspieler. Und dann kommt Lady Caroline Lamb dazu, als Junge gekleidet, ganz in Samt. Shelley fliegt auf sie, und Mary haut wütend ab und schreibt *Frankenstein*. Also, los ist schon einiges. Und dann natürlich die Lieder.«

Sie hatte ihm nur bei den ersten paar Worten zugehört. »Was ich machen muß«, sagte sie jetzt, »ist Rom fotografieren gehn, also nicht direkt, sondern – wie hast du gesagt?«

»Oblique?«

»Ja! Rom in Spiegelungen. Im Regenwasser zum Beispiel, oder in Fenstern. Ich glaube, heut kriegen wir Regen. Es ist zwar nicht ganz die Jahreszeit, aber ich glaube, wir kriegen welchen.«

»Dann bleiben wir noch im Bett und warten auf den Regen«, sagte er mit verliebtem Lächeln und packte sie beherzt. Er hatte in den drei Wochen viel von seiner

Schüchternheit abgelegt, und er sprach auch nicht mehr von dem Altersunterschied, der sie trennte und der gar nicht so groß war, wie er zuerst geglaubt hatte, denn er wußte nun, sie war dreiunddreißig. Doch ein neuer Grund zur Schüchternheit, oder vielleicht auch zum Triumphgefühl, war ihm vor kurzem bekanntgeworden: Der Mann, von dem sie geschieden war, war ein Größerer als er: nicht bloß ein kleiner Drehbuchschreiber, sondern ein echter Romancier, noch dazu einer, den er gelesen und teilweise bewundert hatte – P.R. Pathan, der Autor von *Die Hölle ist eine Stadt*, *Die fernere Welt* und *Das Kassengebiß*, dreier hochgepriesener Romane, außerdem von *Mein Kerker, mein Grab*, eines Stücks vorzeitiger Autobiographie. Pathan war, wie er aus dem *Who's Who* und ebenso aus ihrem unwilligen Munde – denn sie mochte nicht mehr von ihm reden – wußte, achtunddreißig Jahre alt und hatte ein ganzes Leben in bescheidenem Ruhme noch vor sich. Beard, Ronald, stand nicht im *Who's Who*; Beard konnte das Berühmtsein nur nachempfinden. Aber trotz seiner karibisch-arischen Schönheit, seines braunen Körpers und seiner Gescheitheit war Pathan ein erbärmlicher Gatte gewesen, grausam, besoffen, lärmend und impotent. »Du armes Schätzchen!« sagte Beard und küßte sie. Sie schob ihn weg; von der Liebe hatte sie für diesen Morgen genug.

»Wieso armes?«

»Du brauchst einen Kaffee. Ich war so grausam, nicht aufzustehn und dir Kaffee zu machen.« Und nun stand er auf, um doch noch welchen zu machen, zog eine alte Hose, Hemd und Sportjacke an, seine Arbeitskluft. Die

Küche war klein und voll schmutzigem Geschirr: Diese liebe und leckere Italienerin hatte nicht den walisischen Sinn für Reinlichkeit, aber zum Teufel damit, denn der Tod bereinigte alles. Er machte sich etwas Platz und stellte den schweren italienischen Kaffeekessel auf die Gasflamme; dann ging er ins Wohnzimmer und sah aus dem Fenster. Die schneeweißen Putten an der Fassade der Basilika gegenüber tummelten sich fett in der Sonne; der kleine Platz unten war voller geparkter Wagen; der Inhaber eines Ladens machte sich vor seiner Tür geräuschvoll mit einer Lötlampe an eisernen Bettgestellen zu schaffen. Fahrzeuge schlängelten sich unter lauten Beschwerdetönen durch die enge Straße, *senso unico*, zur Rechten. Links unten, in einer Garage, sang ein dicker Mann *Domani non ci sono, domani vado via*. Nun ja, die Münzen im Brunnen hatten offenbar ihre magische Wirkung nicht verfehlt und ihn wieder hergebracht. Wolken verschluckten die Sonne; tatsächlich, es schien Regen zu geben.

Er schenkte eine Tasse bittren, schwarzen Kaffee ein und brachte ihn ihr ans Bett. Sie beschaute kritisch die Probeabzüge von Fotos: Das Entwickeln besorgte sie nicht selber; das wurde irgendwo hier um die Ecke gemacht, im Hinterhaus des Restaurants *Da Meo Patacca*. Das war in der Hauptsache ein Freiluftbetrieb, nachts sehr laut mit Sängern und einer Riege Trompeter, die *The Stars and Stripes Forever* spielten. Die Fotos, die sie anschaute, zeigten Miglieder einer vor kurzem gestürzten italienischen Regierung, gerissen aussehende Kerle, denen man sein Vertrauen, wenn man je welches in sie gesetzt hatte, nun schleunigst entziehen mußte. »Schätzchen!« sagte er. Der Boden neben ihrer Seite des Betts war übersät mit einzelnen Seiten des *Paese Sera*, des *Messagero* und des *Corriere della Sera*, auch mit Illustrierten wie *L'Espresso, Panorama* und *Il Mondo*. Ordnung kannte sie nur in ihrer Kunst. »Tesoro«, sagte sie und nahm ihm die Tasse ab. Er trank auch Kaffee, aber mit viel Milch verdünnt. Tee wäre ihm lieber gewesen, aber die Teebeutel waren ihnen ausgegangen. Die Milch war nun auch ausgegangen, wie überhaupt fast alles bis auf Pasta und Büchsentomaten. Aber zu Mittag essen wir im Rugantino, wahrscheinlich, und abends im – nun, daran denken wir, wenn es Zeit ist.

Sie mußte an diesem Vormittag fort und mit jemandem reden, einem Halunken in einer Zeitungsredaktion, der ein schon vor einem Monat abgedrucktes Foto noch immer nicht bezahlt hatte und dem sie auf italienisch die Hölle heißmachen wollte. Beard arbeitete zerstreut an seinem Drehbuch und brachte eine Szene zu Ende, in der Mary Shelley rief: »Wir haben ihn geschaffen, wir, diesen Unhold, der im Namen des Ruhmes ganz Europa zertrampelt, diesen großen, rollenden Stein, der im Namen Frankreichs alles, was sich ihm in den Weg stellt, zermalmt ...« Und Percy brummte: »Dieser Stein, dieser Frankenstein!« Nein, so ging's nicht, zu dick aufgetragen! Beard versuchte es mit einem Lied für Percy: »O wilder Westwind, wohin hast du sie entführt?« Ging auch nicht. Aber es war ja keine Eile, alles richtig hinzukriegen; worauf es jetzt ankam, war das solide Gerüst, die *Knochen*. Er hörte Paola, wie sie das Wort aussprach, und er reagierte mit einem kräftigen Ausbruch von Zärtlichkeit und Begehren. Er ging ins Schlafzimmer und legte sich auf ihre Seite des Betts, bäuchlings, und schnüffelte den leicht brandigen Geruch ihres frischgewaschenen schwarzen Haars auf dem Kissen. Dann, beim Anblick der vollen Aschenbecher, des Weinglases mit seinem purpurnen Bodensatz, der umhergestreuten Taschenbücher und der flachen Zelte aus einzelnen *giornale*-Seiten, trieb ihn die Ansteckung durch sechsundzwanzig Jahre an der Seite einer reinlichen Waliserin zu dreißig Minuten Aufräumen. Er legte die Zeitungen wieder zusammen und stapelte sie ordentlich mit den Illustrierten, machte das Bett und deckte es mit der großen schwarzen Pelzdecke ab, schaffte die Bücher ins Wohnzimmer und stellte sie in ein Regal. Dort stand, er bemerkte sie zum ersten Mal, die gebundene Ausgabe der *Ferneren Welt*, mit einem Porträt P.R. Pathans, fotografiert von Jerry Bauer, gewinnend und unverschämt auf dem Schutzumschlag. Auf der Titelseite stand gekritzelt: »Meiner Liebsten, Süßesten, Himmlischsten in Liebe, Liebe und noch mal Liebe Prrrrrp.« Das war also sein Kosename gewesen, eine Art Lippenfurz, als Akronym aus seinen Initialen. Beard riß die Titelseite heraus und verbrannte sie sorgfältig in dem metallenen Mülleimer. Dann schlug er das Buch irgendwo auf und las:

»... deren stahlharte Warzen sich in seine Brust bohrten, als er ihren glühenden Leib bestieg. In den Nüstern hatte er den brandigen Geruch ihres frischgewaschenen schwarzen Haares. Er konnte nicht länger warten. Sofort drang er in sie ein, spürte die eigene Stahlhärte aufgenommen und verschlungen von ihrer weichen, willigen und überquellend feuchten Öffnung. Offener

Mund an offenen Mund gesogen, dann ablassend, sie mit raschen und rauhen Atemstößen gen Himmel, er mit einer Art verzweifeltem Röcheln in die Falten des Regenmantels, der ihnen als Kissen diente. Er konnte es nicht mehr halten, konnte nicht, und sie wollte auch gar nicht, wollte nicht, daß er's hielt, keuchte *ja doch, ja!* in sein Ohr. Als es ihm kam, war es, wie wenn ein Fäßchen Honig im Feuer platzt, und ihr bestätigender Schrei wurde ein lang ausgehaltener hoher Ton der Erfüllung. Dann blieben sie liegen, kaputt, keuchend und dankbar, während die kleinen Geräusche der Außenwelt sich allmählich wieder bemerkbar machten...«

Na ja, sowas mußte der wohl schreiben, als renommierter Romancier. Er, Beard, mußte sich wie Vergil mit kärgsten Hinweisen auf den Erfahrungsschatz des Erwachsenen begnügen – *nota flamma* oder *21)* INNEN/*T*AG/SEIN *S*CHLAFZIMMER – *sie lieben sich auf dem Bett.* Ein Romancier konnte natürlich kein Gentleman sein. P.R. Pathan war ein Schwein. Beard suchte nach anderen Büchern vom ihm und fand eine Taschenbuch-Ausgabe von *Mein Kerker, mein Grab.* Beide Werke stopfte er in den Mülleimer zu den Küchenabfällen. Dann ging er wieder in den überzähligen Raum, den sie *lo studio* nannte, und machte einen neuen Versuch zu arbeiten, obwohl es ihm nun ganz unmöglich schien. Vor einem Jahr oder auch später noch, bevor das körperliche Begehren sich wichtig machte, war ihm das Arbeiten leichtgefallen. Jetzt hatte er diese Eifersucht, einen Gefühlskomplex von ehrfurchtgebietender Dumpfheit. Diese Geschichte mit Pathan ist doch vorbei, nicht? Ja, aber vorbei heißt, daß es das einmal gegeben hat. Sei doch um Gotteswillen vernünftig! Eifersucht sperrte die dicken, trielenden Lippen auf, kannte dies Wort nicht. Und nun blickte Shelley ihn vorwurfsvoll an, der untüchtige Engel, und murmelte etwas von der Liebe der reinen Geister. *Das kenn ich*, knurrte Beard wie eine Personifikation der Eifersucht, *jetzt will ich was Handfestes*.

Er war im Badezimmer und masturbierte, als die Kanone auf dem Gianicolo den Mittagsböller losließ und mehrere Campanile den Angelus zu läuten begannen. Es war erlaubt, in Abwesenheit der Geliebten zu masturbieren; so hatte er bei Havelock Ellis oder irgendeinem anderen Urahnen der Sexologie gelesen. Beard bezweifelte nicht, daß Shelley masturbiert hatte, trotz all seiner schönen Worte. Byron auch? Vermutlich nicht, der hatte für sowas keine Zeit. Bevor Beard aus der Wohnung ging, vergewisserte er sich, daß sein Hosenschlitz zu war. Auf ungefähr ein Uhr war er mit Paola im Rugantino verabredet, aber vorher wollte er noch ein paar rauchbare Panatelas auftreiben. Italien ist kein Paradies für die Freunde des dunklen Tabaks, und um auch nur die bescheidensten Wünsche zu befriedigen, mußte man mehrere Läden abklappern. Ein Glück, daß er im Augenblick, als er aus der Wohnungstür trat, den Regen auf die taubenbeschissene Glaskuppel trommeln hörte, die das Treppenhaus überdachte. Das hieß, daß er gleich noch einmal hineingehen und seinen weißen Regenmantel anziehen konnte. Hätte der Regen erst nach dem Treppenabstieg angefangen, so wäre er nicht noch einmal umgekehrt. Es war eine mörderische Treppe, kein Zweifel! Also wäre er sehr naß geworden.

Ein Brief für ihn, c/o Belli, lag unten in dem rostigen Briefkasten. Er war von dem Filmkomponisten Trenchmore, an den er sein Haus in Hammersmith vermietet hatte. Sicher gab es Ärger mit den Nachbarn, denn Trenchmore konnte ja nicht aus dem Kopf komponieren; er mußte auf seinem Steinway-Flügel hämmern und nach Themen und Dissonanzen suchen. Tatsächlich stand etwas dergleichen in dem Brief; die Nachbarn würden an die Wände hämmern, aber Trenchmore hämmerte auf dem Steinway um so lauter zurück, und somit schien alles in bester Ordnung zu sein. Der Gasbrenner, der das Wasser erhitzte, funktionierte nicht recht, und der Fernseher hatte das Flackern, aber sonst war alles in Ordnung. Maisie ließ grüßen, und die Kinder waren wohlauf; beneideten ihn im sonnigen Rom, wo es hier in Hammersmith jeden Tag regnete wie verrückt. Tschao, oder wie man da sagt zum Abschied.

»Ciao« begrüßte Beard einen kleinen Jungen, der durchnäßt mit einem Paket Schmetterlingspasta hereinkam und die Treppen hinaufzusteigen begann. Der Junge gab keine Antwort. Im Tabakladen an der Ecke mußte Beard ein Weilchen warten, bis eine uralte Frau, die etwas von einer drohenden Salzknappheit gehört hatte, drei Kilo Salz gekauft hatte. Er war froh, auf den Regalen eine neue Lieferung dieser belgischen Panatelas, Marke Mercator, zu sehen: ganz erträglich zu rauchen. Er kaufte fünf Schachteln und ging weiter in Richtung auf den Viale di Trastevere, im Regen in sich hineinlächelnd, als er an Paola dachte; die war jetzt wohl in ihrem Element wie ein Entchen im Wasser. Nein, nicht gerade ein Entchen! Sie würde jetzt knipsen, Roms

Widerschein in den Pfützen. Weder die ästhetischen noch auch nur die kommerziellen Beweggründe zu dieser obliquen Sichtweise waren ihr ganz klar. Etwas Ungewöhnliches, konnte vielleicht ein Buch geben, mit Legenden von Beard. So was wie ein Gespensterblick auf Rom.

O nein! Herr im Himmel, laß die Gespenster aus dem Spiel! Letzte Nacht hatte er von seiner ersten Frau geträumt; sie war wieder am Leben und sagte, *Schatz, da bin ich wieder, hast du mich nicht vermißt?* Paola gab es in diesem Traum auch schon, allerdings nicht im Hause, egal wo es stand, denn es war keines, das er kannte; und er hatte die peinliche Pflicht, Leonora zu sagen, in der Annahme, sie sei tot, habe er jetzt etwas Neues angefangen und sich eine andere Frau genommen. Da hatte der Traum aufgehört. Schaudernd machte er, daß er zum Viale kam, einem Albtraum von Verkehr mit Opernchören von Autohupen, wo er zusammen mit anderen Fußgängern, in der Masse sind wir stark, über die Straße ging, zum Zeitungsstand an der Garibaldibrücke, mal sehn, ob die *Times* von heute schon da war. Er bemerkte wieder einmal, wie sich die jungen Italienerinnen in den letzten paar Jahren verändert hatten; sie waren jetzt langbeiniger, keine Entchen mehr, richtige Amerikanerinnen. An dem Zeitungsstand, gegenüber dem *Reale*-Kino, fand er als einzige englischsprachige Zeitung den *Daily American*, der in Rom für die römischen Amerikaner erschien. Klar, eine britische Zeitung für die römischen Britannier, die es schon seit dem Abzug der Legionen nicht mehr gab, konnte man nicht verlangen. Für Europa waren die

Engländer so gut wie nicht vorhanden, allenfalls eine Abstraktion des Gemeinsamen Marktes, hin und wieder eine Horde Fußball-Rowdies und ein paar Bier-, Fisch- und Fritten-Konsumenten an der Costa del Sol. Beard wurde gewöhnlich für einen Amerikaner oder einen Deutschen gehalten. Lieber Gott, war das alles anders gewesen damals in diesem Liebessommer am Genfer See!

Beard schaute zu der Statue des römischen Mundartdichters Belli, mit Gehrock und Zylinder, hinüber; einer aus ihrer Familie, behauptete Paola. Das war noch ein echter Nonkonformist gewesen, hatte eine Unmenge lästerliche Sonette geschrieben. Das eine, über Jesu Christi Vorhaut, hatte zu Bellis Zeiten in mehr als achtzig katholischen Kirchen zugleich ausgehangen. Gott, so sagte der Dichter, hatte dieser Vorhaut die Gabe verliehen, nachzuwachsen wie ein Fingernagel, so daß *per omnia saecula saeculorum* immer wieder zur Erbauung der Gläubigen Stückchen davon abgeschnipselt werden konnten. Beard hatte beschlossen, jeden Tag mit Paolas Hilfe eines dieser Sonette zu lesen und sich verständlich zu machen; vielleicht konnte er später einmal zwanzig oder noch ein paar mehr von den obszöneren Sachen übersetzen und veröffentlichen, in irgend so einer kühnen, schicken Literaturzeitschrift in Amerika, damit er auch mal ein bißchen was darstellte, nicht immer bloß der kleine Drehbuchschreiber. Dabei konnte er Römisch lernen, wenn schon nicht Italienisch. Belli war in Ordnung, beide Bellis. Er lächelte wieder, überquerte abermals den gefährlichen Viale, ging am Esperia-Kino vorüber – Unterschicht, billiger und lauter als das Reale – und kam zum Rugantino.

Das Rugantino gefiel ihm, weil es etwas Nördliches hatte, was in seiner groben, unaufgeklärten Regionalmythologie nur bedeutete, daß es jedenfalls nicht neapolitanisch war. Die Tischdecken waren sauber, die Kellner beeilten sich, Öl und Knoblauch wurden sparsam verwendet. Anita Ekberg hatte mal tief dekolletiert auf einem Tisch getanzt, Jean-Paul Sartre und Simone de Beauvoir hatten mal irgend etwas Nichtssagendes verzehrt und ihre Autographen dagelassen. Beard nahm an einem kleinen Tisch Platz und bestellte Gin Tonic. Er las auch einen Teil des *Daily American*. Das Hauptthema der Nachrichten war der Nahe Osten, wo gerade ein Krieg ausgebrochen war, illustriert mit einem grinsenden Foto General Moshe Dajans mit seiner Augenklappe, Israels neu ernannter Verteidigungsminister. Beard blätterte weiter bis zur *Cartoon*-Seite und las die Briefe an »Dear Abby«: Zwischenmenschliche Probleme, unverheiratete Tochter reuelos in anderen Umständen; mein Schwager hat die Angewohnheit, sich unterm Nabel zu kratzen, was mich immer ganz verrückt macht. Für anderer Leute Kriege hatte Beard kein großes Interesse; er hatte selbst einen sechsjährigen Krieg hinter sich. Auch war Friede, wie man das nannte, seiner Ansicht nach nichts unbedingt Wünschenswertes. Der Krieg, so hatte jemand geschrieben, war ein Modus kulturellen Austauschs. Wenn nun Ihr Mann, sagte der liebe Abby, angefangen hat, Muskelpakete auszuschneiden und im Bad an die Wand zu pinnen, muß das nicht unbedingt heißen, daß er schwul wird. Manche Männer haben ein sehr komplexes Temperament.

»Tesoro mio«, sagte sie, »eine gute Nachricht.« Sie war aus einem Taxi gestiegen und hatte etwas an, was ihm wie eine chinesische Monteurskluft vorkam, in der sie, dessen war er gewiß, nicht aus dem Haus gegangen war; aus dem Haus gegangen war sie in etwas sehr viel Dekadenterem, das viel Bein sehen ließ. Du bist mir ein Entchen! Er zog die Stirn kraus: sie erinnerte ihn an jemand. Sie legte eine Plastiktüte ab, mit dem Aufdruck *Upim*. Da hatte sie das hier gekauft, probiert und gleich anbehalten. »Ich fliege nach Israel«, sagte sie glückstrahlend, setzte sich hin, die beiden Kameras noch um den Hals, und strahlte die strahlenden Kellner an.

»Was denn? Warum? Wer sagt, du sollst?«

»Du hast doch da ein *giornale*«, sagte sie. »Schau hinein, es ist Krieg! Israel mit den Arabern. Vincenzo Bonicelli wird als Berichterstatter hingeschickt, und ich soll die Bilder machen. Ist das vielleicht keine gute Nachricht?«

»Gute Nachricht? Die werden auf dich schießen. Dich umbringen. Du fliegst da nicht hin!« Also war Friede doch wünschenswert. »Du kannst da nicht hin, doch nicht jetzt, wo du und ich–«

»Es wird ja kein langer Krieg, sagen die Leute beim *Mondiale*.«

»Die wollen dich hinschicken, was? Diese Schweine, *farabutti*! Du kommst mir nicht weg, ich laß dich nicht.«

»Wir fliegen heut abend, heut abend geht eine Maschine nach Tel Aviv.«

»Aber du hast doch hier zu tun. Ich denke, du willst diese Bilder von Rom machen?« Er konnte ihr nichts verbieten, natürlich nicht, denn Liebe verleiht keine

Autorität, und die Ehe war etwas ganz anderes. »Wir sollten heiraten«, sagte er. »Ich hab dir das schon in London gesagt, wir sollten heiraten.« Denn sie hatte in London zu tun gehabt, Roß- und Reiterfotos von Prinzessin Anne schießen, und sie waren für ein paar Tage zusammen hingeflogen. Bei der Gelegenheit hatte er das Haus vermietet und bei seiner Bank um Lire gebettelt.

»Heute vormittag hab ich schon vierzig Bilder gemacht. Der Regen hat aufgehört, aber die Pfützen sind ja noch da; also kann ich heute nachmittag noch vierzig mehr machen.«

»Heute nachmittag«, sagte er energisch, »haben wir anderes zu tun.« Sie legte ihre kleine Hand auf seine. Und dann sagte er: »Zum Teufel, an was denk ich eigentlich? Wenn du dahin mußt, komm ich mit.«

»Du bleibst hier«, sagte sie. »Ich möchte wissen, daß du in Sicherheit bist, hier in Rom.« Das war Liebe, klang wie Liebe. »Und du mußt die Probeabzüge von den Bildern holen und dir was zu überlegen anfangen, wie wir dies Buch machen können.« Sie begann hungrig die Menükarte zu lesen. Der Kellner stand wartend neben ihr, ein italienischer Filmstartyp mit schimmernden Koteletten. »*Zuppa di verdura*«, bestellte sie. »*Uova stracciate al formaggio.*« Beard sagte: »Für mich nicht viel. Keinen Appetit. Kalten Rinderbraten mit Gurken.« Sie sagte: »Und eine Flasche Lambrusco di Sorbara. Wir müssen das feiern.«

Und dann, als der Kellner gegangen war, sagte sie: »Heiraten? Hat keinen Sinn, davon zu reden. Außerhalb Italiens bin ich geschieden, hier in Italien nicht. Die Scheidung wird in Italien nicht anerkannt.«

»Dann gehen wir eben fort. Zum Teufel mit Italien! Wir könnten in England heiraten – hab ich dir schon gesagt, als wir da waren. Wir könnten auch in England leben. In England zu leben, hat allerhand Vorteile.« Zum Beispiel welche? Na, die Kneipen, nicht? Bessere Qualität der Fernsehprogramme. Etwas anderes, wenn er ehrlich sein wollte, fiel ihm nicht ein. Sie sagte:

»Ich muß in Italien bleiben. Ich muß gegen die Regierung kämpfen. Und gegen den Vatikan.« Die Aufgabe schien etwas groß für ein so kleines, obgleich nicht allzu zartes Mädchen. »Beide sind nur dazu da, die Frauen zu unterdrücken. Und die Ehe ist auch nur dazu da, die Frauen zu unterdrücken.«

»Nicht mit mir«, sagte er. »Bei mir gäb's keine Unterdrückung. Verdammt noch mal, du hast doch gesehn, wie das sein würde! Die Ehe mit mir, mein' ich. Heut vormittag hab ich sogar aufgeräumt und das Bett gemacht.«

»War gar nicht nötig«, sagte sie. »Leben heißt nicht Bettenmachen. Leben heißt Betten zerwühlen.« Es klang wie ein Zitat, aber von wem? Dante gewiß nicht. Moravia? Pirandello? Es wäre nicht nett gewesen, sie zu fragen, weil sie so bedeutungsvoll strahlte, als sie es sagte, und seine Hand preßte. Ariost vielleicht.

Aber nachdem sie den Lambrusco und die Fingerhütchen mit dem Espresso ausgetrunken hatten, kamen sie nicht ohne Umwege ins Bett. Noch vierzig Bilder am Nachmittag, hatte sie gesagt, und das hieß jetzt. Also knipste sie Spiegelungen, in Glastüren, Fenstern und auch Pfützen, alles sehr konzentriert, aber trotzdem beim Nachladen schon wieder in strahlender Vorfreude auf den Flug in ein Land, wo sie von Arabern, Juden oder beiden unter Beschuß genommen würde. Aber dann, an der Piazza di Santa Maria in Trastevere, sah sie eine Frau, die sie kannte, aus einem Restaurant herauskommen. »Nein!« sagte sie mit Besorgnis. »Porco Giuda!« Eine hochgewachsene Schwarze, die einherschritt wie eine Königin oder wie ein Mannequin, so eine, wie sie Federico Fellini zum Sinnbild des höchsten Schicks der weiten Welt genommen hatte, vielleicht sogar dieselbe, die schwarzgoldene Avantgarde, die das neureiche Rom, Venedig oder Florenz entprovinzialisierte. Neben ihr watschelte ein dicker Kerl, vielleicht ein Produzent. »Was ist denn los, Schätzchen?« fragte Beard.

»Sie ist wieder da«, sagte Paola mit großen, bekümmerten Augen. »Das bedeutet, er vielleicht auch.«

»Wer denn?« Er wußte, wer. »Prrrp?« Dies war also die Farbgenossin, mit der Pathan, wie Paola ihm erzählt hatte, zusammengekrochen war. Schick war sie, weiß Gott, hochbusig, scharlachstreifig, mit hüftschwingenden Schritten, jeder davon ein Alexandriner mit juwelengefaßter Zäsur, das Haar aufgetürmt zu arroganter Höhe.

»Ich dachte, die sind in New York«, sagte Paola. »Ich habe gelesen, er wäre in New York Professor geworden.« Beard betrachtete wohlwollend die pummeligen Römer, wie sie das schwarze Prachtstück anstaunten. In kosmopolitischer Arroganz, schlank und lässig stolzierte sie in Richtung Via di Santa Maria della Scala, gefolgt von ihrem watschelnden Dicken. Beard sagte: »Vielleicht hat sie sich von ihm getrennt. Was ist das denn für eine?«

»Das ist Gimpy. Gimpy, so heißt sie.«

Es fiel etwas schwer, sich diese Gimpy als Gefährtin eines Professors vorzustellen, sogar in New York. Noch so etwas: Ein schweinischer Romancier kann Professor werden, ein Drehbuchautor nicht. »Jedenfalls«, sagte Beard, »ist er impotent und ein echtes Schwein und so weiter.« Aber Paolas Augen waren voller römischer Wolken und Vorahnungen. Sie sagte:

»Paß gut auf, wenn ich fort bin! Geh nicht an die Tür, wenn es klingelt! Laß niemanden rein!«

»Du meinst, dies Schwein könnte kommen? Weshalb sollte er?«

»Er ist ein brutaler Kerl. Vielleicht hat er einen Revolver.«

»Hör mal!« sagte Beard. »Revolver oder kein Revolver, vor einem schweinischen westindischen Romancier hab ich keine Angst. Aber ich versteh immer noch nicht, weshalb er kommen sollte?«

»Er will, daß ich Sachen rausgebe. Sachen, die ich habe und die mir nicht gehören, sagt er. Erst hat er mir geschrieben, dann ein *avvocato*. Ich hab nicht geantwortet. Alles bloß Rache.« Beard nickte. Dies Wort hatte im warmen, wenngleich nassen Italien mehr Sinn als im kühlen und noch nässeren England. Ein braunhäutiger Romancier mit Revolver und blitzenden Zähnen, der sich rächen wollte. Aber dann fiel ihm ein:

»Wofür denn Rache? Und wieso? Ich dachte, alles war seine Schuld? Eigentlich müßtest du doch nach Rache schrein.«

»Ach, du Dummchen!« sagte sie. »Der denkt doch nicht normal.« Sondern wie ein schweinischer Romancier, nennen wir's so. Er sagte nichts mehr. Im Süden nahm man die Vendetta, die Ehre und solche Sachen viel zu ernst. Die Zähne in die Unterlippe gepreßt, packte sie die Kamera, mit der sie geknipst hatte, ins Futteral und ging voran, nachhause.

Zuerst war sie zum Liebhaben nicht in Stimmung. Eine Art Soldatentornister mußte gepackt werden, der unter dem Bett versteckt gelegen hatte, als habe er schon lange und geduldig auf einen brudermörderischen Semitenkrieg gewartet. Nichts Überflüssiges, keine Reizwäsche; sie wollte ja den Wüstentanks und den Gewehrläufen nicht Busen oder Beine präsentieren. Beard saß auf dem gemachten Bett und schaute ihr zu, müde vom Mittagessen, vom Herumlaufen wegen der Aufnahmen und vor allem von dieser verfluchten Kletterei bis ins oberste Geschoß des Mietshauses. Diese Treppe würde noch mal sein Tod sein. Der Tod auf so einer Treppe wäre auch ein schönes Ende für einen herzkranken Typ in einem seiner Skripte; und in der Exposition könnte der auf dieser Treppe die gleichen Vorahnungen haben wie jetzt er selbst. Nachdem er sich mit ihrer Reise abgefunden hatte, begann er nun, sie wegen des Abflugs verrückt zu machen, sagte dauernd die Zeit an und wollte ein Taxi rufen, das sie beide zum Flughafen brachte, denn so mußte er sie verabschieden, wenn sie in ihren Krieg zog. »Vincenzo kommt doch und holt mich ab«, sagte sie und packte noch einen Büstenhalter mehr ein und ein Buch mit italienisch-hebräischen Redewendungen, das sie am Vormittag gekauft hatte. »Er bringt auch die Tickets mit. Der kommt nie zu spät, mach dir keine Sorgen!«

»Aber ich will dich doch hinbringen.«

»Nein, mag ich nicht. Es gibt doch nichts mehr zu sagen als immer wieder dasselbe. Du bleibst hier. *Amore.*« Dann umarmte sie ihn. Als er sich auf dem Bett an sie klammerte, sie in ihrer chinesischen Monteurskluft, kam ihm ein Zipfel von einer körperlichen Erinnerung an ein Mädchen wieder, in das er, so hatte er geglaubt und glaubte er noch immer, verliebt gewesen war. Also die war's gewesen! Paolas Vorgängerin? Oder würde eines Tages, vielleicht schon bald, Paola als ein verspäteter Versuch erscheinen, sich das wellige schwarze Haar dieses Mädchens, seinen Moschusgeruch, sein festes und williges Fleisch wieder zu vergegenwärtigen? Miriam hatte sie geheißen; sie hatte eine verheiratete Schwester in Israel; und umarmt hatte er sie das erste Mal, als sie die Uniform einer Sergeantin der britischen Hilfstruppen trug. Kurz vorher war er Zivilist geworden, und der Kontrast zwischen der neuen, gleichsam femininen Weichheit seiner Kleidung mit dem rauhen Sergestoff der ihren hatte einen milde stachelnden Reiz. Wenn sie aber ohne Kleider war, wurde die Erregung, die ihm ihr Körper bereitete, nur noch gesteigert durch die Reizlosigkeit der steifen, nun abgestreiften Hülle. Das war auch ein mediterraner Körper gewesen, wie dieser hier, und er hatte ihn um so mehr genossen, weil er sich vorher, auf dem einmonatigen Demobilisierungsurlaub, in Leonoras Bett an nördlicher Blondheit fast übersättigt hatte. Das war eine Zeit der wechselseitigen Untreue gewesen, wie man sie nach einem langen Krieg nur erwarten konnte. Und dann waren die wechselseitigen Skrupel gekommen und gesunde Entschlüsse gefaßt worden; die Treuepflichten wurden wieder befolgt – von ihm streng, von ihr mehr oder weniger. Aber sein Heißhunger auf Miriam war auch durch das Übermaß, in dem er ihm nachgab, nie geschmälert worden; noch nicht einmal die Grenzen des Appetits waren erreicht gewesen, als sie sich den Abschiedskuß gaben. Er hatte niemals eine Nostalgie der Sinne daraus werden lassen, sondern das Ganze als ein gnädiges Wunder in Verwahrung gehalten. Der Körper, den Paola nun entblößte, war nicht derselbe wie jener; die Lust, die er gewährte, war von anderer, reiferer Art; durch den Zufall aber, daß sich das Gewebe wie jene Uniform anfühlte, wurde er angewärmt von physischer Nostalgie. Gefährlich, diese Vergangenheit wieder zu wecken, in der es eine junge und ansehnliche Leonora gab; er wollte in der Zukunft leben. Aber er machte es ihr nun mit einer Heftigkeit, gewissermaßen wie der um zwanzig Jahre Jüngere mit Miriam. Es war verdammt noch mal das Beste, was sie je zusammen gemacht hatten. Sie sagte:

»Das war zu gut. Gefährlich gut.«

»Du meinst, hoff' ich, du hast es dir anders überlegt und willst nicht mehr nach Israel?«

»Nein, *stupido*! So einfach ist das Leben nicht. Und das ist das Gefährliche, daß das Leben so einfach nicht ist. Manches tut man eben, und – ich kann's nicht ohne weiteres erklären, nicht mal auf Italienisch. So wie schlafende Hunde wecken. Die natürliche Ordnung versetzen. So was wie Magie.«

»Gefährlich?« Er legte sich zurück. »Hast du hübsch gesagt – *die natürliche Ordnung versetzen*.«

»Verrufen«, sagte sie und steckte sich eine Dunhill mit Filter an. Dann blickte sie auf die Uhr. »*Dio mio*, die Zeit! Paß auf, ich weiß noch nicht, wo ich in Tel Aviv wohnen werde. Ich versuch, anzurufen, aber nach Rom ist aus dem Ausland nie leicht durchzukommen. Und wo es nach Tel Aviv hingeht, weiß ich nicht. Ich werde da sein, wo der Krieg ist.«

»Nein, nein!« rief er, und wollte sie wieder umklammern. Sie stieß ihn weg, stand auf und sagte:

»Bring bitte morgen diese Filmrollen weg, du weißt ja, wohin!«

»Was meinst du«, fragte er, während er zusah, wie sie ihre Uniform anzog, ein Olivgrün, »mit *verrufen*?«

»Einen Tag später müßten sie fertig sein. Sei auf der Hut vor diesem Kerl! Laß niemanden rein!«

»Schätzchen, Schätzchen!«

»Sieh zu, daß du mit deiner Arbeit weiterkommst, solange ich weg bin! Versuch ein bißchen Italienisch zu lernen!«

»Ein bißchen Römisch lern' ich. Ich meine, Belli. Engelchen, geh nicht fort!« und dann: »Was denn verrufen?«

»Ich weiß nicht, hab jetzt keine Zeit, drüber nachzudenken. Ich habe Hunger.«

»Aber du hast doch ausgiebig gegessen. Und im Flugzeug gibt es auch was zu essen.«

»Ich habe Hunger.«

Er seufzte und ging nackt in die Küche. Das einzige, was er ihr anbieten konnte, war Spaghetti mit Tomatensoße. Für morgen und die Tage darauf stand ihm das Problem mit dem Einkaufen auf Italienisch bevor.

»Spaghetti ist noch nicht ganz soweit.« Sie schaute in den Topf, wo sich die Nudeln im kochenden Wasser schlängelten. Sie sagte:

»In zwei Minuten sind sie soweit. *Spaghetti* ist ein Plural, du kannst nicht sagen, *Spaghetti* ist.«

»Englisch kannst du's und mußt du's.«

Als er die Soße umrührte, zuckte er zusammen, als ihm etwas auf den Unterleib spritzte. Sie leckte es ab wie Blut. »Spaghetti *sind!*«

»*Ist!*« Er umarmte sie für eine Sekunde, er nackt, sie angezogen wie ein Soldat. »Ich muß was anziehn«, sagte er, »hier unten rum jedenfalls.« Sie probierte eine Gabelvoll Spaghetti, bedeutete mit brennendem Mund, daß sie gar seien, und kränzte ihm den Schwanz mit ein paar weißen Strähnen wie einen Maibaum. »Au, au!« Er ging etwas anziehn.

Als Paola am Essen war, hörten sie es von unten hupen, und jemand rief ihren Namen. Er trat ans Fenster und sah einen sympathischen, stämmigen Römer, der neben einem silbergrauen Mercedes stand und mit den Zähnen durch die feuchte Luft zu ihm hinaufblitzte. Er winkte nach unten. »So«, sagte er, »es ist soweit. Hast du alles? Himmel, dein Paß!« Der Paß lag in einer Schublade und lautete auf den Namen Paola Lucrezia Pathan. Er nickte traurig. Eine kurze Umarmung, und sie war aus der Tür. Er lehnte sich wieder aus dem Fenster, um ihr nachzuschauen. Die Laternen auf der Piazza gingen an, jede einzelne verdoppelt von den noch nassen Pflastersteinen. Da kam sie: ein Kuß auf die Wange für den römischen Zahnblitzer, ein Winken zu ihm herauf, eingestiegen und ab nach Fiumicino. Woher wußte er noch, daß sie existierte? Da stand der Teller mit Spaghetti- und Soßenresten; ihre Zigarettenkippen lagen verglommen in den Aschbechern. Ihre Kleider in den Schubladen und in dem einen Schrank, Schuhe, Bücher. Nein. Sie existierte, weil sie eingestichelt war in seine Ohren, seine Lippen, seine Haut. Ihre Abwesenheit verriet ihre Existenz zur Genüge.

Sein Alleinsein jetzt wurde um so spürbarer, weil er umgeben war von einer fremden Kultur und Polizei. Er ging in *lo studio*, wo Byron und die Shelleys warteten, Leute von seinem Blut, Vertreter eines Gewerbes, das seinem eigenen nicht allzu fern stand, aber sie blickten kalt zu ihm auf, zwang er sie doch zu den Verrenkungen dieses albernen Liedes. Außerdem, diese stolzen Flüchtlinge wußten Bescheid über Italien und die Italiener. Shelley hatte sogar ein italienisches Gedicht geschrieben, *Buona Notte*, hieß es, und Beard hatte schon daran gedacht, es zu verwenden. Trübsinnig knipste er im Studio das Licht aus, und trat, am Daumennagel kauend, auf den Korridor. Heute abend kochst du dir etwas Britisches; das Einkaufen auf Italienisch fängt früher an als erwartet, und die Treppe bringt dich heute beinah schon zum zweiten Mal um. Aber tapfer stieg er hinab zu den hell erleuchteten Läden. Das Lebensmittelgeschäft neben dem Tabakladen war voller korsetttragender Frauen, die wehklagend durcheinander zwitscherten. »*Si, dottore?*« fragte ihn der Inhaber, strahlend vor Unaufrichtigkeit. Beard kaufte eine *scatola* Corned Beef, vermutlich aus Israel, und eine *scatola* Kondensmilch, außerdem Tee-*bustine*. Dann ging er zum Gemüseladen, kaufte ein Kilo *patate* und, verdammt, wie hießen die Zwiebeln, *cipolle.* Mit wild pfeifendem Atem stieg er wieder hinauf, schloß japsend die Tür auf und legte sich für ein Weilchen auf den Boden des Korridors. Als er wieder genug Luft bekam, kochte er sich das Liverpooler Gericht, das auch in Cardiff gegessen wird und unter dem Namen *lobscouse* bekannt ist.

Kommunikation. Er fragte sich, was Kommunikation sei, als er, im Gefühl der mit dem starken süßen Tee wiederkehrenden britischen Robustheit einen amerikanischen Western auf dem winzigen Fernsehschirm ansah. »*Ciao, ragazzi*«, sagte Gary Cooper und schlenderte in den Saloon. Ein wilder Bursche namens Chuck trug eine Schimpfrede in einer Sprache vor, die anscheinend der Piemonteser Dialekt war. Beard schaltete ab und legte sich aufs Bett. Das Gegröhl von *Arrivederci Roma* drang aus dem *Da Meo Patacca* herauf, dazwischen amerikanische Stimmen, von der Freude erfüllt, sich in Italien zu befinden. Er war nicht im Zustand sexueller Erregung und konnte mehr oder weniger klar denken, als er sich sagte, daß das Ende einer Ehe, ob durch Tod oder Liebesschwund, zugleich das Ende einer Zivilisation war. Da hatte man über sechsundzwanzig Jahre lang eine Mythologie aufgebaut, eine Datenbank der gemeinsamen Erinnerungen, eine Sprache, ein Signalsystem der Knurrlaute und Berührungen – und alles war hin, futsch! Vielleicht mußte ein solchermaßen geschlossenes, ja, inzestuöses semiotisches Gefüge die internationale Sprache der Sexualität voll Verachtung ausschließen, weil ja, wie man am Esperanto und Volapük sehn konnte, eine internationale Sprache überhaupt keine Sprache war. War aber eine Zivilisation einmal gestorben, wurde sie schnell so schlecht wie altes Fleisch; und er mußte sein Heil jetzt in einer internationalen Sprache suchen. Oder konnte man eine neue Zivilisation begründen? Die Hindernisse waren gewaltig.

Es würde zum Beispiel lange dauern, bis er verstehen könnte, was eine italienische Frau für Italien empfand. Ein Kind unter Mussolini, eben geschlechtsreif, als der Krieg in Chaos, Korruption und Soldatengeilheit sein Ende fand, war Paola zur Frau geworden in einer verkommenen Kultur, deren Zynismus nur von den gröberen Glaubenssätzen des Katholizismus ausgeglichen wurde; und die schienen im wesentlichen zu besagen, daß die Frauen niedergehalten werden müßten. Die Ehe war heilig, aber der männliche Ehebruch war verzeihlich. Der Wert der Religion war vielleicht nur darin zu sehen, daß sie den *machismo* oder *gallismo*, wie man hier sagte, zum Gesetz erhob. Gewiß schlug der Priesterhaß hohe Wellen, aber vielleicht nur, weil ein Priester weder Mann noch Weib war. Diese Kleine in ihrer rührenden Mao-Uniform mußte gegen die pastabäuchigen geilen Onkels kämpfen, gegen den Heiligen Vater, gegen die Demagogen von der Christlich-Demokratischen Partei, gegen die Propagandisten aller Parteien, die sich den *spirito umano* lobten, der besagte, daß die Männer Bäuche hatten und im Bett obenauf lagen. Kein Wunder, daß sie das Kochen, die Reinlichkeit und alle Hausfrauentugenden haßte, ja, auch die Ehe selbst. Aber daß sie schön und liebesbereit war, dagegen konnte sie nicht an; mit diesen Attributen war sie wie durch die Erbsünde behaftet. Nur in seinen Armen würde sie sich der geschlossenen Welt ergeben, die dem

Vatikan, der Questura und den Politikern – bis jetzt noch – verwehrt blieb. Daß sie dieselbe Separatwelt, vielleicht sogar dieselben Ekstasen, auch mit Pathan und mit den anderen, wer die auch gewesen sein mochten, geteilt hatte, zählte hier nicht: Solipsismus nannte man das, Solipsismus. Was die eigenen Ekstasen anging, so mußte und wollte er sie als mehr denn angemessene Entschädigung für die Zivilisation betrachten, die mit Leonora ausgelöscht worden war. Er mochte sich nicht einmal mehr daran erinnern – es war schlecht wie verdorbenes Fleisch. Zu ihrer Zeit war sie gut gewesen, aber jetzt war eine andere Zeit. Also keine Nuancen der Sprechweise mehr, keine Signalsysteme, keine gemeinsame Kultur des Essens, der Witze, Erinnerungen und Zitate. Sondern Magie, bergeversetzende Wonnen. Versetzen der natürlichen Ordnung: hübsch gesagt von ihr. Oder verrufen – verdammt noch mal, was sollte das nur heißen?

Er zog sich aus und ging zu Bett, unter Mitnahme des Entwurfs zu seiner Genfer Liebessommergeschichte. Shelley, vor einem prächtigen Alpenpanorama, blubberte wieder etwas von der Liebe der reinen Geister, direkt aus seinem *Epipsychidion.* »Zwei Engel im Bett, händchenhaltend«, hatte Mark Rampton dazu gesagt. Und: »Es wäre nicht übel gewesen, hätte diese Lerche dem Dichter eine große weiße Ladung aufs Auge fallengelassen. Von wegen nie gewesen, von wegen munterer Geist.« Nicht genau Huxleys Worte, aber so ungefähr. Beard fiel die Formel wieder ein, mit der Leonora oder er sich jedesmal entschuldigt hatten, wenn sie der Selbstachtung des andern eine unbedachte Kränkung zugefügt hatten. »Unpremeditated 'urt« hatten sie das genannt. Versuch das mal Paola zu erklären! Also, *tesoro*, in der letzten Zeile dieser Strophe von Shelley ist doch von *unpremeditated art* die Rede, nicht, und das soll sich auf *bird thou never wert* reimen, verstehst du, *tesoro*? Und bei einer Party, wo Beard allzu lange geredet und komische Geschichten erzählt hatte, brauchte Leonora nur einmal »Mary« zu sagen, um ihn zu bremsen. Das, *amore*, bezieht sich auf Mr. Bennet in *Stolz und Vorurteil*, wenn er zu seiner klavierspielenden Tochter sagt: »Mary, du hast uns lange genug erfreut.« Verstehst du, ja?

Nichts mehr davon. Er ertappte sich beschämt bei einer Art Untreue. Aber sie hätte eben jetzt bei ihm im Bett sein sollen und nicht in ihrem Scheißisrael. Da sie nicht bei ihm war, geriet sie in die gleiche Zone wie Leonora und Miriam. Die Uniform, der Krieg, Israel, dein Bauch ist wie ein Weizenhaufe. Er entkleidete die Sergeantin Miriam Bloomfield ihrer Uniformjacke, Metallknopf für Metallknopf, ihres Khakischlipses, Khakihemdes und des Khakibüstenhalters (da sah man doch wahrhaftig auf dem warmen, geheiligten Doppelnest den Stempel des Kriegsministeriums), umarmte den nackten Oberleib und spürte darunter den rauhen Uniformrock, die Baumwollstrümpfe und Khaki-Unterhosen – »Liebestöter« nannten sie die Mädchen von der Territorialen Hilfstruppe, doch welch ein Irrtum! Von wegen töten! Er tötete die Vorstellung ab: Um Himmels willen, bloß keine physische Nostalgie! Aber was mußte Paola auch diese blöde Chinesenuniform anziehn? Die heiße Ladung aber konnte er nicht abtöten. Wie ein braver Pfadfinder nach ernsthaften Vorhaltungen seines Gruppenführers flüchtete er sich in den Schlaf, und jenen höchst ungebärdigen Hund ließ er knurren, bis er sich beruhigte und schließlich mit ihm aufs Schlafmaß zusammenschrumpfte. Sein Schlaflied hieß *The Stars and Stripes Forever*, gespielt von der Trompetenriege des Da Meo Patacca.

/3/

Trotz des anhaltenden Regens und der unermüdlich wasserspeienden öffentlichen Springbrunnen war die römische Wasserversorgung plötzlich knauserig geworden. Am nächsten Morgen mußte Beard, um sich gegen die Anfechtungen eines einsamen Tages zu reinigen, in zwei Zoll kaltem Wasser platznehmen und sich mit einem Schwamm abseifen. Dennoch wusch er sich gründlich, und als ihm ungebetenermaßen Saul Bellow in den Sinn kam, der kanadisch-jüdische Romancier, der ihn aus irgendeinem Grunde mißbilligend ansah, widmete er seinem Gesäß besondere Sorgfalt. In dem Augenblick hörte er das Telefon und stürzte schliddernd und seifenärschig drauf zu. Paola, er würde Paolas Stimme hören, mit dem Kanonendonner im Hintergrund. Es meldete sich aber eine Männerstimme, forsch und britisch.

»Dort Beard? Ron Beard?«

»Ja. Wer's da?«

»Hier ist Greg Greg. Bin hier in der höllischen Stadt.«

»Wer? *Wer*?«

»Na, Gedächtnis versoffen, was, altes Haus? Gregory Gregson aus Brunei Town, weißt du doch, von Shawcross Import-Export.«

»Lieber Gott, ja du, natürlich, also du, lieber Gott! Wie bist du denn, woher hast du denn? Verdammt, beinah ausgerutscht, hab nasse Füße, komm grad aus dem Bad, und Marmorfußboden, nein, Travertin. Ich hab gesagt, woher hast du denn?«

»Na, ich war in London auf Urlaub und hab bei dir angerufen, und da war so eine Frau am Apparat und ein Höllenlärm, Leute auf Klavieren und andern Sachen rumgehämmert, und da hab ich mir gedacht, das kannst du wohl nicht sein, und die haben gesagt, daß du hier bist, und da hab ich mir gedacht, verdammt, unterbrechen wir den Rückflug und–«

»Also bist du immer noch da? Lieber Gott!«

»Immer noch dieselbe Firma, selbe Länder. Scotch und Kühlschränke verkaufen wir jetzt in Kuching, Sarawak.«

»Na, meine Güte, Greg, wo bist du denn jetzt?«

»Bleib zwei Nächte im Grand. Komm vorbei, mal wieder einen saufen wie in alten Zeiten! Bin spät abends angekommen, gestern, wollte nicht mehr anrufen, dachte, es war ein bißchen zu spät. Ich kann dir sagen, es hat mit so leid getan, als ich gehört hab, daß– Ich hab immer gemeint, sie ist eine von den besten. Schade, daß es so kommen mußte!«

»Geht uns allen so, früher oder später. Mir tut's auch leid, klar, weißt du. Also im Grand. Ich komm hin, treff dich in der Bar. So in einer halben Stunde.«

»Auf jeden Fall! Ist ja doch etliche Jährchen her, aber wirst sehn, ich bin immer noch der Alte, durstig wie eh und je! Also tschao, oder wie die hier– Also bis gleich, Grand, in der Bar!« Und der Hörer wurde aufgelegt.

Also war Beard doch nicht allein. Er zog etwas Passendes für das feine Hotel an, darüber den weißen Regenmantel. Dann dachte er dran, das Wichtigste immer zuerst, daß er dran denken mußte, Paolas Filme zum Entwickeln und Abziehen zu bringen. Er fand den Laden zwischen früheren Stallgebäuden, verfluchte das schlüpfrige Kopfsteinpflaster, und es schien ihm, daß die beiden jungen Männer, die den Laden führten, ihn vorwurfsvoll anschauten. Es war, als wüßten sie, daß er sich hier im sicheren Rom jetzt einen ansaufen ging, während seine Liebste in Israel im Kugelhagel herumlaufen mußte. *Domani*, sagten sie ihm. Nun ging er zur Belli-Statue, wo ein Taxistand war, aber kein Taxi, wegen des Regens. Er schaute huldigend zu dem steinernen Zylinderhut auf und überlegte, wie man das Sextett des Sonetts über Judith und Holofernes vielleicht übersetzen könnte:

Den Kopf, der blutete aus Hals und Mund,
Schwenkt' sie wie Fleisch, das zu verkaufen wäre,
Und ging damit im ganzen Lande rund.
Zwei Lehren zieh ich aus der frommen Märe:
Der Mann verliert den Kopf beim Ficken, und
Das Mädchen legt sich flach zu Gottes Ehre.

Da mußte er noch ein bißchen dran feilen. Beard, Übersetzer der Sonette von Belli, mit Hilfe einer anderen Belli. Er sah die Erinnerung an ein Gemälde mit jener Enthauptung vor sich – von wem? Von Caravaggio – und Judith hatte Paolas Gesicht. Oder Miriams? Leider konnte er sich Gesichter nicht gut merken. Ein Taxi kam herbeigeschlichen; er stieg ein und ließ sich in die schicke internationale Gegend um die Via Veneto fahren. Amerikaner mit bewölkten Mienen und verhüllten Kameras liefen herum; dieser verdammte Regen!

Für Rom war es noch etwas früh zum Saufen, aber in der leeren Bar war Gregory Gregson schon bei der Sache. Natürlich war er dicker und kahler geworden. »Hm«, sagte er, nachdem sie sich zur Begrüßung abgeklopft hatten, »du siehst gar nicht schlecht aus dabei, gar nicht so schlecht!«

»Bei was? Gin-Tonic bitte, einen großen, das heißt, großen Gin, kleines Tonic.«

»Na, als fröhlicher Junggeselle. Aber fröhlich paßt vielleicht nicht so ganz.«

»Junggeselle auch nicht. Was macht denn deine kleine– Hab ihren Namen vergessen. Wahrscheinlich ist es inzwischen auch wieder eine andere.«

»Aminah? Jetzt ist es Aminahs Tochter – vielleicht sonderbar, vielleicht auch gar nicht. Aminah ist mit Parkinson abgehauen, den kennst du noch, Parkinson? Isa heißt sie, die Tochter, mein' ich, erst fünfzehn, oder jedenfals sagt sie das, aber glauben kann man denen doch allen nicht. Der Name gefällt mir gar nicht, heißt nämlich Jesus. Friede in Jesus' Armen. Jesus liebt mich – sie weniger, das Luder! Und du, hab ich gehört, du hast jetzt so eine Itakerschnalle? Ah!« Die Getränke kamen. »*Selamat minum*!«

»Salute!« Gregsons Anzug war jetzt, nachdem Beard sich an das gedämpfte Licht gewöhnt hatte, als ein Kammgarnanzug für die Tropen zu erkennen, als hätte er die abendländische Zivilisation schon wieder hinter sich gelassen, denn Italien und Asien waren eben so ziemlich eins. »Itakerschnalle?« wiederholte Beard mit Kühle. »So würde ich sie eigentlich nicht nennen.«

»Ah, so ist das!« Er sang ganz laut, wie um einen Vorgeschmack davon zu geben, wozu er später erst, wenn er richtig aufgetankt wäre, imstande sein würde: »Wenn der Mond von seiner Höh glänzt wie eine Knoblauchzeh', das nenn ich Amoreeeee.« Er schien das Glas auf Beards neues Verhältnis zu heben; man konnte es aber auch so deuten, als ob er damit zustoßen wollte wie mit einem gläsernen Phallus. »Kein Bild von ihr da?« zwinkerte er verständnisinnig.

»Ich glaube nicht.« Nein, er hatte keines. Er hätte eins haben sollen, aber er hatte keines. Sie machte Bilder, sie ließ keine machen. »Sie ist– na–«

»So eine wie die Gina Dingsda, Claudia Sophia undsoweiter? Hast keinen Zug mehr am Leib, altes Haus, bißchen aus der Übung, was? Schlimme Sache! Trink schon!« Und zum Kellner: »Noch mal dasselbe, John! Du machen Gläser voll und diesmal mit kleines-kleines Tropfen *merah*, verstanden? Angostura heißt das bei euch.« Und zu Beard sagte er in ernsterem Ton: »Immer noch ein bißchen fremdgegangen, sie, nicht? Bißchen, einmal zu viel. Irgendwann kommt mal die Grenze. Jedenfalls, du mußt es gewußt haben. Hat sie schon immer gemacht, nicht, also mußt du's gewußt haben.«

»Wer? Leonora? Fremdgegangen? Nein, wir haben ein ganz ruhiges Leben gehabt. Klar, ich hab's gewußt. Mit dir auch, würd' ich meinen. Kann ich wohl sagen, nachdem nun alles vorbei ist.«

»Hm!« Gregson strich sich mit dem Finger bedenklich über den dünnen grauen Schnurrbart, sehr genau, damit man nicht denken konnte, daß er sich die Nase wischte. »So war es nun mal da unten, kennst du doch. Ich sag immer, eine weiße Frau sollte niemals in die Tropen gehn. Gewissermaßen ein Glück, daß das Empire vorbei ist. Wegen der Frauen. Wer hat doch gleich gesagt, der Verlust Indiens würde die Schuld der *Memsahibs* sein? Einer vor bald hundert Jahren, Art Prophet. Kipling? *By the old Moulmein pagoda, looking lazy at the sea.*« Diesmal sang er nicht allzu laut.

»Sie tut's nicht wieder«, sagte Beard. Die neuen Gins waren ein wenig rötlich. »Cheers!«

»*Selamat!* Na ja, das bringen sie hinter sich. Wie alt ist sie denn jetzt? Mitte vierzig?«

»Du hast eine komische Art, Fragen zu– Wie in diesem verdammten Gedicht von Papa Wordsworth, »Wir sind sieben«, oder so. Wie meinst du das, wie alt–«

»Mir kam sie ganz ansehnlich vor, sehr flott. Den Tag, bevor ich bei dir angerufen habe. Hatte vorher nicht dran gedacht, nahm an, du wärest vermutlich irgendwo anders hin; ist ja auch schwer, wer hält es denn in England länger als sechs Monate aus, wenn er im Osten gewesen ist? Dann hab ich mal dran gedacht und im Telefonbuch nach dir geschaut, und sieh da! Immerhin, was dich betrifft, hatte ich doch Recht gehabt, denn das hier, das ist ja nicht gerade England, aber nicht entfernt! Natürlich hatt' ich keine Sekunde dran gedacht–«

Beard behielt bei all dem den Mund offen. Dann sagte er:

»Du hast sie gesehen? Wo hast du sie gesehen?«

»Ich bin gerade aus dem Playboy-Club gekommen, mit Dever, einer vom Hauptbüro, der ist da Mitglied, und wie wir noch so zum Dorchester rübergehn wollen, da kommt sie aus Barclays Bank heraus und zählt ein kleines Bündel Scheine.«

»Was hast du gesagt, wann das war?«

»Du siehst gar nicht gut aus, altes Haus, tut mir leid, ich hätte wohl nicht davon anfangen sollen, also, so etwa vor zehn Tagen.«

»Hast du etwas zu ihr gesagt, gegrüßt oder irgendwas?«

»Ich wollte sie eben angrinsen, aber sie hat bloß so durch mich durchgesehn. Ich hatte schon kapiert, als ich anrief, so irgendwie. Schluß mit der Vergangenheit und zum Teufel mit allen Freunden von Ron Beard, grüßen wir nicht mehr, die Schweine –«

»Was haben die dir am Telefon denn gesagt, unter meiner Nummer?«

»Da war ein Riesentumult, aber die haben mir gesagt, sie würden jetzt da wohnen, und du wärst mit einer Itakerschnalle – tut mir leid, hätt' ich nicht sagen sollen – nach Rom gegangen. Du siehst mir aber gar nicht gut aus. Runter damit, und trink einen Kognak!«

»Leonora ist tot«, sagte Beard. »Sie ist auf den Tag genau zu Frühlingsanfang gestorben.«

»Ist das dein Ernst?« sagte Gregson. »Ich meine, tatsächlich tot, nicht nur so wie man sagt, sie ist für mich gestorben oder so? Aber anders kannst du's gar nicht meinen, oder?« Er sperrte nun seinerseits den Mund auf.

»Es war ein Irrtum«, sagte Beard. »Du hast eine gesehn, die ihr ähnlich war. Schließlich ist es ja ein paar Jahre her, seit du sie gesehn hast. Da kann man sich schon irren.«

»Verdammt, ich hätte schwören können–« Gregson rief den Kellner. »John, dalli, dalli, du bißchen rennen, selbe noch mal! Was, tot ist sie? Tut mir das leid, und tut mir das leid, was ich vorhin gesagt habe, daß sie ein bißchen fremdgegangen ist! Wie heißt das doch auf lateinisch, was wir in der Schule gelernt haben? Ich weiß nicht mehr.«

»*De mortuis nil nisi bonum.*«

»Hieß das so? Hört sich so an. Woran ist die denn, weißt schon, an was denn?«

»An der Sache, vor der wir alle Angst haben, die aber nur wenige kriegen. Eigentlich gar nichts so Schlimmes. Grotesk, aber verhältnismäßig schmerzlos.«

»Die Leber? Na ja, sie hat ganz schön gebechert. Haben wir alle, tun wir noch.« Als die Getränke kamen, betrachtete er sie mit unglaubwürdig gespieltem Abscheu. Nachdem er genippt und dann geschluckt hatte, sagte er, nun in besserer Laune: »Es heißt, jeder Mensch hat einen Doppelgänger. Das ist die Erklärung. Gibt nicht genug Gesichter für alle.« Er blickte auf die Uhr. »Wo gehn wir denn klecksen?«

»Gehn wir was?«

»Papier beklecksen, essen. Eilt nicht, klar, aber kein *minum*, wenn nicht vorher *makan*. Das eine, wenn auch sonst nicht viel, hab ich gelernt. Hat sie –?«

»Gegessen? O ja, gegessen hat sie. Bevor es zu Ende ging, ist sie auf süße Sachen verfallen, Sahnetörtchen zum Frühstück. Sehr merkwürdig! Möchtest du italienisch essen? In diesem Hotel geht das wohl nicht.«

»Nun ja, wenn wir schon mal in Rom sind. Spaghetti gibt gute Kleckse.«

»Spaghetti *geben*. Die Mehrzahl.«

»Na, wie du meinst, altes Haus, wie du meinst!«

Sie aßen schlecht und schwer in einer *Trattoria* gleich um die Ecke, *Pasta* mit viel Soße und dünngeschnittenes Kalbfleisch, und tranken eine Karaffe Roten, Hausmarke, ehe sie sich zu weiteren Gins in die Bars der anderen internationalen Hotels begaben. Gregson bibberte im Nieselregen während der kurzen Fußwege von Bar zu Bar. Als auf der Via Veneto die Lichter angingen, sagte er: »Ich mußte eben an Weihnachten denken.«

»Nächste Weihnachten oder letzte?«

»Weißt du noch, wie du deine Bruneier Weihnachtslieder gedichtet hast?« sagte Gregson. »War ganz schön riskant, die vorzusingen, aber alle, die Englisch konnten, waren zu blau, um zuzuhören. Wie war doch das eine mit dem Sultan?«

Beard sang auf die helle, nasse Straße hinaus das Lied von dem o du fröhlichen, o du öligen Sultan Omar Ali Saifuddin, der von einer Zehncentbriefmarke verwundert zusah, wie die Weißen schwitzend und betrunken sich über den schweren englischen Weihnachtspudding hermachten. »Das waren noch Zeiten!« sagte Gregson. »Gin rosa, *molto enormo*!« sagte er dann, denn nun waren sie wieder in einer Bar, zu dem Mann hinter der Theke. »Weihnachten! Weißt du noch, wie Leonora splitternackt ausgezogen in Banks' Swimmingpool gehopst ist, und als sie wieder rauskam, war sie voller Blutegel?«

»Splitternackt? Ich weiß nicht mehr.«

»Aber ja doch, alles vorgezeigt, altes Haus! Tut mir leid, reden wir nicht von der Vergangenheit! Aber warum nicht? Ist doch alles, was wir haben, die Vergangenheit, wir in unserem Alter! Die Zukunft kannst du vergessen.«

»Du vielleicht, Greg! Ich fang neu an. Jetzt hab ich eine große Sache beim Film zu laufen.«

»Mit welcher denn, mit der Gina Sowieso?« Mit dem unverhohlenen Neid des Betrunkenen blickte er auf Beard: Witwer mit Itakerschnalle und Filmstars, *la dolce vita.* Dann sagte er: »Wie wär's, wenn wir uns jeder eine Schnalle von hier nehmen, so eine mit Vulkantitten und Hundchen?«

»Nichts für mich. Ich bin treu.«

»Du bist komisch! Freier Mann und treu?«

»Wenn man verliebt ist, ist man nicht wirklich frei.«

Ein dicker Amerikaner in besten Jahren, dessen Hintern über den Barhocker quoll, drehte sich zu Beard um und sagte:

»Das kannste laut sagen!«

»Wenn man verliebt ist–«, fing Beard an, mit lauterer Stimme, aber Gregson sagte:

»Untreu sein kann man nur seiner Frau. Untreue ist so eine Art Fachausdruck.«

»Das kannste laut sagen!«

»Die Ehe«, sagte Beard, »ist eine komplexe Semiotik, die Liebe aber ist undefinierbar.« Es wurde Zeit, daß er heimging; diese Phase der Epigramme konnte man nicht lange durchhalten. Er sah sich in dem Spiegel hinter der Bar: Alt werden und von der Liebe schwätzen. »*Satu empat jalan*«, sagte er.

»Das heißt, er will nachhause«, erklärte Gregson dem Amerikaner. »Ist malayisch, verstehn aber trotzdem nur wir Weißen. Hör mal!« sagte er ingrimmig zu Beard.

»Du gehst noch nicht. Wo ich extra hier gelandet bin, um mir mit dir einen anzusaufen wie in alten Zeiten!«

»Muß nachhaus.«

»Aber ist doch niemand da, hast du gesagt. Sie's doch verreist, hast du gesagt.«

»Muß nachhaus. Vielleicht ruft sie an. Die arme Kleine, hoffentlich kriegt sie keine Kugeln ab von diesen Scheißarabern!«

»Das kannste laut sagen!«

Als Gregson mehr oder minder hinüber war, blieb Beard immer noch soweit bei Sinnen, daß er dem Taxifahrer sagen konnte, wo er wohnte. Die Piazza kannte der Mann nicht, aber er kannte das *Da Meo Patacca*, und also fand er hin. Als Beard vor dem Mietshaus stand, schaute er zu dem römischen Mond auf, der nach vielen Nächten der Verdunkelung neu zum Vorschein kam, und sah im obersten Stockwerk Licht brennen – bei ihr, in ihrer Wohnung! Ob er es angelassen hatte? Konnte nicht sein, er war bei Tage fortgegangen. Lieber Himmel, sie war zurück, Krieg war abgesagt, hättest du doch bloß Zeitung gelesen, statt den ganzen Tag mit diesem dussligen Greg zu vertrödeln! Oder vielleicht geht der Krieg auch noch weiter, aber weibliche Fotografen werden nicht zugelassen. Derlei Gedanken gingen ihm durch den Kopf, als er sich an einem kleinen Lieferwagen vorbeizwängte, der vor der Haustür oder dem *portone* stand und auf den ein paar langhaarige, jeanstragende junge Römer Sachen aufluden, persönliche Habseligkeiten, eben Sachen. Als er allzu schnell die Treppe hinaufstieg, stieß er mit einem weiteren Jüngling zusammen, der einen randvollen Karton mit Büchern hinunterschleppte. »*Scusi.*« Zog wohl jemand um, eine Flucht bei Nacht und Mondschein. An der Kehre vor dem letzten Treppenabsatz konnte er sehn, daß seine, ihre Tür offen stand und das Licht herausließ. Dem Tode nah, sog er literweise die Luft in sich hinein, während sein Herz wie mit zwei Fäusten gegen die Rippen trommelte. Dann, auf zwei Beinen, die schmerzten, obwohl sie nicht mehr vorhanden zu sein schienen, schaffte er das letzte Stück, beruhigte vor der Tür sein Herz, so gut er konnte, schnappte nach der Luft, die nötig war, um »*tesoro*« oder »Schätzchen« zu sagen, aber dazu reichte es nicht, und taumelte nach drinnen. Die Diele sah merkwürdig kahl aus. Er ging ins Eßzimmer und sah den Rücken eines Mannes. Der Mann telefonierte. Englisch. »Wird gehn«, sagte er. »Nicht schlimm. Bis dann.« Der Mann drehte sich um und erwies sich als P. R. Pathan. »Was sind Sie denn für einer?« fragte Pathan giftig; er sah ziemlich verkniffen aus, gar nicht so gewinnend wie auf dem Schutzumschlagfoto von Jerry Bauer. »Raus hier, egal wer Sie sind!«

In dem ganzen Zimmer waren überhaupt keine Möbel mehr, außer dem Telefon und zwei Stühlen. Beard setzte sich auf den Stuhl, der näher zur Tür stand. Keine Eile, laß dir Zeit, erst einmal Luft, Luft, Luft! Während er Atem schöpfte, machte er mit den Händen Bewegungen, die, nahm er an, zur Not als Entschuldigungen gelten konnten. »Geben Sie mir eine–« versuchte er zu sprechen. Pathan nahm das Telefon von dem anderen Stuhl, setzte sich drauf, holte eine Packung Marlboro aus der Tasche, steckte sich eine an und blies ihm Rauch entgegen. Dann sagte Pathan:

»Ach, ist das Ihres da, im Nebenzimmer, der Quark über Byron? Lebt sie mit Ihnen zusammen? Herrgott, mit so einem!« Er hatte einen patrizischen Akzent, aber mit einer gewissen Unreinheit des *r.* Quawk über Bywon. Also war das furzende Akronym vielleicht Selbstironie. Hewgott. »Ganz schön runtergekommen, würd ich sagen. Aber sie kommen nicht gut dabei weg, Freundchen! Werden Sie noch sehn. Oder vielleicht auch nicht, falls sie im Heiligen Land in den Sand beißt.«

»Woher–«

»Woher ich's weiß? Die Fotos der kühnen Reporter vor dem Abflug, heute morgen im *Mondiale.* Klein-Pauliwauli hat gestrahlt, weil's abging zu einem koscheren Blutbad. Oder Halal-Blutbad.«

»Nichts der–«

»Nichts dergleichen, na ja! Ganz genau und penibel, wie? Gehört sich auch so für literarische Hilfskräfte. Jedenfalls, sie ist weg, aber es hätte auch nichts geändert, wenn sie hiergewesen wäre. Hätten wir sie eben in ihr *gabinetto* gesperrt. Was mein ist, ist mein, und hier ist alles mein. Kein Stück in dieser Wohnung, Freundchen, das nicht von meinem Geld bezahlt worden ist.«

»Wie sind Sie–«

»Wie ich reingekommen bin? Ich hab schließlich hier gewohnt, rechtmäßiger Gatte, nicht? Ich könnte immer noch hier wohnen, wenn ich wollte, aber das ist so ungefähr das Letzte, kann ich Ihnen sagen, was mir einfiele. Jedenfalls, ich hab noch den Schlüssel. Brauch ich jetzt nicht mehr, da!« Und er warf ihn Beard hin. »Jetzt haben Sie zwei Schlüssel. Noch weitere Fragen?«

»Ich habe keine.«

»Noch gar keine gestellt, ist richtig! Und weil Sie schon einmal Luft schnappen, schnappen Sie gleich weiter. Ihre Freundin ist eine Hure, ja, eine dreckige Hure, japsen Sie nur! Und darüber, vor Befremden und Empörung, daß ich hier einfach so hereinkomme und so elend gehässig bin, denn das bin ich wirklich. Aber sagen Sie kein Wort, sofern Sie überhaupt eines sagen können, von wegen unberechtigtem Eindringen. Ich hab die Scheidung, nicht sie. Scheidung in Trinidad. Wegen Verlassen. Aber hier gilt das nicht, nein, für die Italiener bin ich hier immer noch der Chef, und alles gehört mir. Versuchen Sie gar nicht erst, die Questura anzurufen. Das heißt, wenn Sie wieder genug Luft haben, etwas zu sagen. Wenn Sie überhaupt Italienisch können. Können Sie Italienisch? Ich meine, ein bißchen mehr als *amore*, *tesoro* und all den Quark?

»Sie nehmen an«, sagte Beard, »daß ich–«

»Jemand hat zwei Bücher von mir in den Mülleimer gestopft. Ich nehme an, das waren Sie. Sie wissen schon, wer ich bin. Und Sie sind so einer, der den Quark für unsere volkstümlichen Medien schreibt.«

»Wenn Sie mein Skript, was da lag, angerührt haben! Oder die Schreibmaschine. Ich werde Ihnen verdammt–«

»Nein, Sie werden verdammt noch mal gar nichts. Ich Kolonialkanake, braun wie ich bin, ich werd' Ihre weißen Eier um meine starken braunen Finger schlenkern.«

»Sie sind ein Schwein«, sagte Beard. »Soviel ist sicher, Sie Schwein. Das hat Sie ganz richtig gesehen, Sie Schwein!«

»Lebhaft gespannter Dialog. Mit wenigen Worten,

aber die wenigen oft wiederholen! Lektion eins, haben schon Scott Fitzgerald und William Faulkner lernen müssen.« Pathan drückte die abgebrannte Zigarette mit dem Absatz seines feinen Schuhs aus, tat dann aber sonderbarerweise die Kippe in den Aschenbecher. Dann nahm er eine neue aus der Packung. »Oder auch Saul Bellow, was das betrifft.«

»Ich wußte nicht, daß Saul Bellow für den Film schreibt. Trotzdem, eine Art Vorahnung, findet doch alles mit der Zeit seine Erklärung, Reinlichkeit des Gesäßes und so weiter. Aber wovon sprachen wir doch? Ach ja, davon daß Sie ein Schwein sind, Pwwwp, oder weiß ich, wie der Furz klingen muß, mit dem Sie angeredet sein wollen, aber ich habe ein paar Sachen, die Sie geschrieben haben, ehrlich bewundert, und darum ist es auch alles so jammerschade.«

»Jetzt hören Sie mal, Sie Skriptenmensch, oder wie Sie heißen, sofern Sie unnötigerweise einen Namen haben, Sie sind ja wohl betrunken, nicht? Sie kriegen gar nicht alles mit, was ich Ihnen sage, nicht? Ihre Freundin ist eine Hure, sag ich Ihnen, jawohl, eine dreckige Hure, und ich weiß gar nicht, ob es nicht besser ist, wenn das einem alten Mann wie Ihnen passiert oder einem jungen wie mir.«

»Halbjung. Ich hab nachgeschlagen, in der Stadtbücherei in Hammersmith. Und was mein Alter angeht, ich möchte wetten, ich hab noch mehr Zähne als Sie, Sie halbbraunes Schwein!«

»Aha, kommt jetzt die Hautfarbe, wie? Hätt' ich mir denken können!«

»Von der Farbe haben *Sie* angefangen, Sie wollten

mir die weißen Eier abschneiden. Ich hab's schon gehört, was Sie sagten, Sie halbbraunes Schwein, von wegen Hure undsoweiter. Nun ist dies ein sehr subjektiver Ausdruck, wie Ihr verehrter Saul Bellow sagen würde, und wenn Paola eine Hure gegen Sie gewesen ist, dann nur weil Sie ein Schwein gegen sie gewesen sind, und damit können wir das wohl vergessen. Ich weiß nur eins, nämlich daß ich Paola liebe.«

»Mein Gott, Altmännerliebe! Daß ich den Saul Bellow verehre, hab ich nie gesagt. Das ist ein Jud, und was soll ich von einem Juden lernen? Also lieben tun Sie die Dame? Das heißt vermutlich, Sie waren allein, und keine andere hat Sie gewollt, und sie haben's nicht mehr regelmäßig gekriegt, und da kommt sie und sagt, bei mir kannste'n reinstecken, wenn du willst. So geht's doch, nicht, und jetzt denkt er, er ist verknallt, der Idiot! Na, ich hab Sie gewarnt.« Wie um diesen Satz zu untermalen, tönte von der Straße ungeduldig drängend eine Autohupe herauf. Pathan trat ans Fenster und brüllte hinunter: *Aspettate. Un attimo. Vengo subito.* Er machte sich nicht die Mühe, seinen feinen britischen Akzent abzulegen. Er drehte sich wieder zu Beard um und sagte: »Undankbare Schweine, die Römer. Da möbliert man den Bengels eine ganze Wohnung, und das ist der Dank!«

»Wo ordnen Sie denn die Römer ein? Sind ja Weiße, nicht? Mit weißen Eiern? Und noch was, Pwwwp, oder wie Sie angeredet sein wollen, Sie dürften doch eigentlich gar nicht hier sein. Sie müßten doch in New York sein und den Professor spielen?«

»Wissen Sie auch schon? Geht Sie'n Dreck an, würd'

ich sagen. Hat mir nicht gefallen, der Job, wenn Sie's wissen wollen. Schwarze Lyrik, nur vom Enteiern der Weißen.«

»Ah, wie interessant! Wo das doch ein Vorrecht der Braunen ist!«

»Diese Schwarzen, ich kann die Schwarzen nicht ausstehn, ich kann ihre scheißschwarze Ignoranz und Arroganz nicht ausstehn. Ich hab denen die Meinung gesagt, wenn Sie's wissen wollen.«

»Aha!« sagte Beard, »war das bevor oder nachdem diese große arrogante schwarze Hure, diese Wimpy oder Limpy oder wie sie geheißen hat, Ihnen davongelaufen ist?« Bist ja doch nicht umsonst ein Drehbuchautor, schien er zu sich selbst sagen zu wollen. »Die hab ich gestern gesehn, hier in Trastevere, mit einem Dikken, der nach Geld aussah, einer mit weißen Eiern, Sie Schwein! Kriegen keinen mehr hoch, hab ich gehört. Besoffen und impotent, hat man mir gesagt. Jetzt gehn Sie mal schön runter und fangen Sie an, das ganze Zeug wieder raufzuschleppen! Sie haben verdammt noch mal kein Recht – Ich muß mir doch mal genau ansehn, was Sie eigentlich alles – Herr im Himmel, Sie Schwein, sogar die Bilder von den Wänden! Sogar den Fernseher und die Bücherregale!« Er stand auf, um ins Schlafzimmer zu gehn, aber Pathan sprang ihn an. Überrascht drehte Beard sich um und fand sich von halbbraunen Händen umklammert, das Ende einer Marlboro vor seiner Nase. Aus den Mundwinkeln beiderseits der Zigarette schrie Pathan:

»Warum ich die Jungens nicht augenblicklich hier raufrufe, damit die Sie auseinandernehmen und Ihnen auf dieses Scheißskript da pinkeln, weiß ich selbst nicht.« Er schlug Beard auf die Wange, aber nur sacht, wie zur Wiederbelebung. »Ich glaube, das ist nur, weil Sie mir leid tun, das ist es! Gott verflucht noch mal soll mir helfen, und Ihnen auch, wenn er kann! Gottseidank hab ich als Trost noch meine Kunst, und Sie haben gar nichts, Sie dämlicher Skriptenschreiber!« Beard merkte, daß er trotz der Umklammerung mühelos ins Schlafzimmer gehn konnte. Dort fehlte das Bettgestell, ebenso der Spiegel und der Ankleidetisch, aber die Matratze war noch da, die Laken flüchtig drübergeworfen. Er sagte zu Pathan, der den Zigarettenstummel ausspuckte, weil er mit den Händen immer noch an Beard festhing:

»Sie haben aber auch alles mitgenommen. Haben Sie auch Paolas Kleider genommen?«

»Einer von diesen Römerjungs wollte sie haben, aus irgendeinem höchst privaten Grund. Ich hab ihm gesagt, sie sei zu klein, die kleine Hure, aber er hat gemeint, je kleiner, je besser.«

Beard befreite sich ohne Mühe von Pathans Klauen. »Das Bett hier hab ich heute morgen gemacht«, sagte er. »Wehtun, wie, das ist's was Ihnen gefällt, jemand wehtun, Sie Schwein! Ist Ihnen klar, daß, soweit ich sehn kann, verdammt noch mal nichts mehr von Paolas Sachen hier ist?« Die Hupe tönte abermals und jetzt sehr laut von unten herauf. Pathan hob seinen Zigarettenstummel auf und rannte ins Vorderzimmer, dann ans Fenster. Mit seinem feinen britischen Akzent rief er in sehr unfeinem Italienisch:

»*Madonna impestata, vaffnculo, stronzi, merda, aspet-*

tate! Vengo verdammt noch mal *subito*, ihr Arschlöcher, *farabutti!*« Er drehte sich wieder zu Beard um und sagte: »Ungeduldig und undankbar, diese kleinen römischen Arschlöcher! Ich geb denen eine Wohnung und möblier' sie ihnen auch noch, und das ist der Dank–«

»*Sie* möblieren die Wohnung? Und was ist mit meiner Kleinen, wo die jetzt in Israel im Feuer herumläuft, Sie Schwein, Sie Arschloch Ihrerseits? Aha!« begriff er, denn er war ja nicht umsonst Skriptenschreiber, »für einen Schwulenhaushalt, dafür brauchen Sie das wohl alles?«

»Ich brauch es, wofür ich es brauch, und das geht Sie nichts an«, sagte Pathan. »Aber das eine kann ich Ihnen sagen, Sie, übrigens weiß ich noch immer nicht, wie Sie heißen, etwas geheimnistuerisch, nicht? Aber freilich, ich gäb auch keinen linken Affenhoden–«

»Welche Farbe hat ein linker–«

»Morgen bin ich fort. Nach London, Publicity für ein Buch, mehr als Sie von sich sagen können, aber ich komme wieder, o ja! Und in gewissem Sinne bin ich schadenfroh, in einem andern auch wieder nicht. Sie wissen, wer Judith und Holofernes waren?«

»Aber wie ist denn das–« setzte Beard verblüfft an.

»Klar, bibelfest seid ihr ja, ihr Medienschreiber, weil da alles ums Hauen und Ficken geht, und was der Kraftwörter mehr sind. Judith und Holofernes, Salome und Johannes der Täufer, ein und dieselbe Geschichte.«

»Da möcht ich doch bitte–«

»Männerschwanz, Männerkopf! Früher nannte man den Schwanz mal den Holofernes, wußten Sie das? Natürlich nicht, wäre ja auch zu viel verlangt. Aber weiter wollen sie nichts, den Kopf des Mannes. Ob er schwarz oder grau ist, kümmert sie wenig. Sie kommen auch noch mal eines abends heim und erwischen sie mit einem andern, dessen sie sich erbarmt hat. Wahrscheinlich treibt sie's jetzt mit einem syphilitischen Araber, würde mich nicht wundern. Ich, wie ich einsam und verlassen als brauner Schriftsteller in diesem dämlichen, nassen London gesessen bin, da hab ich von Liebe geschwätzt, wie Sie dummes Schwein, Sie, und Sie müßten's besser wissen in Ihrem Alter. Na ja, Sie lernen's auch noch. Oder, wenn Sie nicht blöd sind, dann hören Sie jetzt auf mich. Sie ist fort, klar? Und hier ist nichts mehr von ihr übrig, nicht mal ihr Geruch, außer an diesen säuischen Laken. Sie existiert nicht. Haun Sie gleich ab! Bleiben Sie über nacht im Grand, und morgen früh–«

»Komisch, da bin ich grad den Tag über gewesen; Freund von mir, aus–«

»Da geh ich auch hin, wenn ich erst diese römischen Rowdies da unten los bin. Sozusagen, um mich von dieser säuischen Wohnung hier zu reinigen. Ich seh alles wieder vor mir, alles noch mal von vorn. Uch!«

»Sie lag mit jemand im Bett, sagen Sie?« Drehbuch. »Im Bett, und zwar mit einem–« Pathan schaute ihn erbittert an und sagte:

»Das fällt Ihnen leicht, wie? Sie brauchen nur hinzuschreiben, Szene zweiundneunzig, oder was gerade dran ist, Halbtotale oder so ähnlich, ein Bett, langsames Heranfahren der Kamera bis zur Nahaufnahme der Köpfe auf dem Kisssen, ihr Kopf und der eines–«

»Über die Sache mit den Hautfarben müssen Sie mal drüber wegkommen«, sagte Beard.

»Und werden auch noch verdammt gut bezahlt dafür, weiß ich, wo Sie doch die meiste Arbeit den Schauspielern, Kameraleuten, Regisseuren und dem ganzen Gesindel überlassen. Aber ich muß es alles aufschreiben, jedes bißchen, die ganze Sauerei.« Die Hupe, offenbar nicht eingeschüchtert, machte sich von neuem bemerkbar. »Ruh aus, gequälter Geist!« sagte Pathan bekümmert.

»Meinen Sie mich?«

»Ich meine niemanden und nichts. Aber hören Sie auf meinen Rat und verschwinden Sie hier!« Pathan hatte die merkwürdige Wohlerzogenheit, die Zigarettenstummel nicht zu Boden sondern in einen Aschbecher zu werfen, der die Aufschrift des Hotel Carlton in Cannes trug. Jetzt leerte er den Aschbecher zum Fenster hinaus. Dann steckte er den Aschbecher in die Tasche. »Das wär's dann«, sagte er. Dann ging er, ziemlich schwer aufstampfend. Beard ging ihm nach, um zu sehn, wie er die Treppe hinunterstieg, dachte daran, ihm durchs Treppenhaus *Schwein!* und *Arschloch!* hinterherzurufen, aber dann überlegte er sich's anders; schon ein bißchen spät, Rücksicht nehmen auf die Nachbarn. Er ging wieder in die Wohnung und schlug die Tür hinter sich zu. Der Lieferwagen unten versuchte vergebens zu starten, so wie wenn ein Mann die entkräfteten Lenden noch einmal aufpeitschen oder einen Schleim aushusten wollte, der nicht da war. Pathan mit seinem patrizischen britischen Akzent gebrauchte Wörter wie *stupido* und *cretino*. Dann fuhr der Wagen an, und die Bande war fort. Verrückt, dieser Pathan, augenfällig verrückt! Und er, Beard, was war er? Wütend war er, ja, aber auch verblüfft und nicht wenig erschrocken. Hatte nicht Paola etwas vom Versetzen der natürlichen Ordnung gesagt, und konnte dies nicht der Anfang sein? Und natürlich war er auch so verdammt alleine. Er zog sich nackt aus und legte sich zwischen die verwurstelten Laken auf die Matratze am Boden. Sein Penis war geschwollen und aufgestanden wie ein rachlustiger Gnom. Er packte ihn heftig und scheuerte, doch hatte er Mühe, Paolas Bild heraufzubeschwören. Es war wie wenn er das Bild einer Frau beschwören wollte, die nicht existierte. Natürlich boten andere Bilder sich an, hauptsächlich Fimstars, die meisten davon entweder sehr alt oder längst tot. Im *Da Meo Patacca* sang eine Frauenstimme laut und durchdringend das Lied von der funikularen Eisenbahn. Beard sah Gregson vor sich, wie er im Yachtclub in Brunei Town im Suff seine Parodie auf dies Liedchen vorgetragen hatte; er hörte ihn:

Hetz ihn, fetz ihn, wetz ihn in der Hand,
Beiß ihn, reiß ihn, schmeiß ihn an die Wand.

Als Exorzismus nur recht und billig. Beard spürte, wie das Zimmer sich sachte drehte; also ließ er die schlaffe Hand von dem schlaffen Ding abfallen und zwang sich, zu schlafen.

Das Telefon weckte ihn. Zuerst wunderte er sich, warum er nicht aus dem Bett steigen konnte, dann wunderte er sich nicht mehr, auch nicht über das Fehlen aller Hindernisse auf seinem Weg durch die Dunkelheit zu dem Klingeln hin. Paola in Israel, grad zurück von Nachtgefechtsaufnahmen, vielleicht, ruft an aus dem

Hotel König David in Jerusalem. »Pronto«, sagte er mit belegter Stimme.

»Ich bin's, Greg. Greg Greg. Warum bist du denn einfach so verduftet? Komm gleich wieder her!«

»Weißt du, wie spät es ist? Beard spähte auf seine Armbanduhr. Mit dem Licht von draußen konnte er sehn, daß es drei Uhr früh war. »Außerdem, du warst schon hinüber, wenn du dich erinnerst.«

»Na, ich bin wieder auf den Beinen und trink grad ein Glas mit einem Kanaken. Ist das ein Zufall, alter Knabe, kann man nur sagen! Komm mal gleich wieder her, und laß dir die ganze Scheiße ausreden, wie man so sagt!«

»Du meinst Pathan? Hat dir wohl alles erzählt, wie? Über den verliebten, nicht mehr ganz frischen Skriptenschreiber?«

»Ich hatte doch mal einen Büroangestellten, der hieß auch Pathan, weißt du noch? Ein Tamile, schwarz wie die Hölle im Dustern. Hab ich dem hier erzählt. Und da legt der los über die weißen Schweine, dann über die schwarzen Schweine. Und da bin ich mit ihm ja ganz einig. Ja, richtig, 'n Schriftsteller. Und deine Itakerschnalle soll seine gewesen sein, eh du sie gekriegt hast. Ist das nicht ein Zufall? Also komm schon wieder her!«

»Verdammt noch mal, warum gehst du nicht schlafen? Dein Flugzeug geht doch morgen, heute, ganz früh.«

»Kann ich ebensogut gleich aufbleiben, an Bord werd ich noch finden. Kann die ganze Zeit bis Singapur schlafen. Kommst du nun oder nicht?«

»Komme nicht.«

»Du warst noch nie'n richtiger Kumpel. Und mit ihr ist es nie was geworden, willst du's wissen? In vino veritabilitas, oder wie das heißt. Trost für dich, das zu wissen, wie? Und zwar nicht, weil ich's nicht versucht hab, nicht deshalb, altes Haus! Sie hat mich nicht gemocht, das war's. Na schön, alles aus jetzt. Hast du gesagt. Aber verdammt noch mal, ich hab sie doch gesehn, da am Dorchester, kannst du das nicht glauben?«

»Ich häng auf.«

»Häng nur auf, du Arsch! Aber du bist schlimm dran, denk an meine Worte! Nicht mehr halb so ein Kerl, wie du mal gewesen bist. Jetzt häng aber *ich* au–«

Beard hängte auf kurz vor dem Einsatz des Spiranten. Dann bemerkte er im Schimmer, der von der Straße hereinfiel, das Wippen der Erektion. Sie war gewaltig, wie Blasendruck, Folge des Alkohols. Er nahm sie mit auf die Matratze und war nicht überrascht, daß sich Miriams Bild beschwörungsbereit einstellte. Sie war etwa so alt, wie sie jetzt sein mußte, etwa vierzig, überhaupt kein Alter, und wenn nun auch reifer und voller geworden, spendete sie doch die Spalierobstküsse ihrer jugendlichen, obgleich uniformierten Unschuld. Sie war noch nicht einmal zur Stabssergeantin befördert worden. Die Uniform fiel auf einen Griff und in einem Stück herunter, ähnlich wie die als Abendkleider aufgemachten Leichentücher in den »Abschieds-Salons« auf dem Waldfriedhof Forest Lawn, und darunter kam keine Wäsche mit dem Stempel des Kriegsministeriums zum Vorschein. Beard verschlang sie wie ein hungriger Köter und schoß aufheulend seinen Pfeil ab. Dann legte er sich zurück, *triste*, beschämt. Wie verpfuscht war doch sein Leben! Welch ein Fluch war das Geschlecht! Wie lächerlich und entwürdigend dieser Versuch, Byron und Shelley in Traumverzehr für gaffende, händchenhaltende Gummikauer im Dunkeln zu verwandeln! Er hatte nichts erreicht außer mal einem Preis, einem zwiegeschlechtigen japanischen Figürchen namens Terry, für das beste ausländische, in Japan nämlich, Drehbuch des Jahres. Er glaubte in ein Mädchen verliebt zu sein, dem er eigentlich eher väterliche Gefühle entgegenbringen sollte. Freilich, damit käme er auch nicht davon, denn Inzest, wie ihm ein Grauhaariger bei den Warner Brothers, der die Trends der Filmbranche mit dem Computer erforschte, feierlich erklärt hatte, war das kommende Thema. War es schon immer gewesen, allerdings verhüllt. Denken Sie mal an *Daddy Langbein* und den *Siebenten Schleier*. Welch ein Schlamassel! Welch ein Verderbnis! Ob es wohl für ihn noch das Beste war, sterben zu wollen? Tod in Rom, mit jener Treppe draußen als dessen willigem und geduldigen Werkzeug.

Verderbnis? Der Dichter Belli entschuldigte sich beim Sultan von Brunei wegen der Unmöglichkeit, in seiner königlichen Gegenwart den Zylinder abzunehmen. Lag an der Einheit des bildhauerischen Entwurfs mit seiner Ausführung, erklärte er. Er sang mit tabakverschleierter Tenorstimme einen Text, der vor langer Zeit von Ronald Beard geschrieben und im Rundfunk gesendet worden war, als die englischsprechende Bevölkerung von Brunei viel zu besoffen war, um genau hinzuhören:

Morgen kommt das Weihnachtsgeld,
Bringt den warmen Regen.
Gin und Brandy und Likör,
Knaben, Ziegen, kreuz und quer,
Ja, sogar Normalverkehr
Hat den höchsten Segen.

/4/

Am nächsten Morgen, der schon wieder regnerisch war, konnte Beard das Ausmaß der von Pathan mit seinen Römern durchgeführten angeblichen Wiederaneignungen klarer überblicken. Aus der Küche war, mit Ausnahme des Gasherds, alles verschwunden, was nicht niet- und nagelfest war. In keinem Zimmer war mehr ein Tisch oder ein Schrank. Paola hatte weder mehr etwas anzuziehn, noch konnte sie irgend etwas zum zweiten Mal lesen, denn sogar ihre wohlverwahrten Zeitungen und Illustrierten waren offenbar sämtlich dazu gebraucht worden, zerbrechliche Lampenständer einzuwickeln. Beards Skript nebst Schreibmaschine, Radiergummi, Papier und Nachschlagewerken war verschont geblieben, aber er würde nun lächerlicherweise seine Dialoge auf den Knien schreiben müssen. Zwei lose Regalbretter waren aber noch da, übersehen oder für unbrauchbar befunden, und wenn man die über den Ausguß in der Küche legte, könnte man darauf tippen, zum ironisch tröpfelnden Beifall der Wasserhähne. Er sah dies klar genug voraus. Zunächst gab es anderes zu tun: beim *Mondiale* in Erfahrung zu bringen, wie es in Israel um Paola stand, und das würde verteufelte Sprachschwierigkeiten geben; dann die Aufforderung eines Telegramms befolgen, das schon vor acht angekommen war und ihn überhaupt erst geweckt hatte. Es kam von Ed Schaumwein, dem er zwar seine Adresse, aber keine Telefonnummer gegeben hatte, und es besagte, daß Hill nun endgültig die Regie übernahm und so bald wie möglich so viel wie möglich von den Entwürfen zum Drehbuch sehn müßte. Das hieß, Beard mußte fotokopieren, was er schon fertig hatte, denn Durchschläge machte er nicht; und dann mußte er all den bürokratischen Schwachsinn über sich ergehen lassen, der es ermöglicht, ein Typoskript von Rom nach Los Angeles zu schicken. Drittens mußte er diese Fotos abholen gehn, eine Möglichkeit, zu beweisen, daß Paola mit Sicherheit vorgestern noch existiert hatte.

Aber zuerst das Telefon. In gewisser Hinsicht war er erleichtert, daß es ihm zuvorkam und zu klingeln anfing, als er sich ihm näherte, egal, mit was für Greueln oder Albernheiten es ihm aufwarten mochte, konnte er doch auf diese Weise die Quälerei mit dem Formulieren italienischer Fragen hinausschieben. Antworten war etwas anderes; *non capisco* sagen konnte man immer. Er nahm den Hörer ab und sagte »*pronto*«.

»Mann, jetzt hab ich doch den Scheißflug verpaßt. Wollte mich bloß ein Stündchen aufs Ohr legen, und diese dussligen Itaker haben vergessen mich zu wecken. Ich bin's übrigens, Greg Greg. Mann hab ich einen Kater! Komm rüber, einen saufen!«

»Nein, nein, nein! Ist dieses Arschloch von Pathan noch da?«

»Wer, Pathan? Der ist in Brunei Town, der hinterlistige schwarze Schuft. Wie kommst du denn– Ach so, der andere. Nein, der ist weg, sah ihn die Rechnung bezahlen, als ich in die Bar ging; hat durch mich durchgesehn, der hochnäsige Affe. Unabhängigkeit hätten wir denen niemals geben dürfen. Peitsche und einen Tritt, das ist die Sprache, die sie verstehn. Also komm schon rüber, und laß uns einen–«

»Nein, sag ich dir, hol dich der Teufel! Dieses Schwein hat alles hier weggeholt. Ein Zahnputzbecher kaltes Wasser, das ist mein Frühstück gewesen.«

»Komm doch rüber und frühstücke hier, wenn's auch fürs Frühstück schon ein bißchen spät ist, aber komm auf jeden Fall! Ich hab mir gedacht, ich bleib noch ein bißchen. Irgendwie gefällt's mir hier.«

»Wie bitte?«

»Für die nächsten paar Tage krieg ich keine Buchung, und auch dann müßte ich noch so einen dämlichen Einwandererflug nach Sidney nehmen. Itaker-Arbeitskräfte auf dem Weg ins Gelobte Land. Erster Klasse nach Singapur, hab ich denen gesagt, und nichts sonst. Müssen Sie warten, haben die gesagt. Macht nichts, warten wir eben. Irgendwie gefällt's–«

»Was Neues vom Krieg gehört?«

»Krieg? Ist längst vorbei, Mann. Ach so, du meinst die Juden mit den Kanaken. Noch keine Zeitung gesehn. Haben sich ganz schön bei der Gurgel, die brudermörderischen Schufte, ist ja auch kein Wunder. Hast du gewußt, daß das alles eine Rasse ist, ob Jud, ob Kanake? Keine Vorhaut und kein Schweinefleisch. Darum sag ich Brudermord. Ist noch zu früh für intellektuelle Gespräche, altes Haus, komm lieber her und laß uns einen–«

»Nein, ich hab allerlei zu erledigen.«

»Hab ich doch geahnt, daß du das sagst. Und darum

hab ich mir einen Hertz-Wagen hinstellen lassen und komm bei dir vorbei, was hältst du denn davon, du Arsch, der du bist und bleibst?«

»Ich werd nicht da sein. Außerdem weißt du gar nicht, wo ich wohne.«

»Denkst du, ich bin blöd? Türlich weiß ich, wo du wohnst. Hab es hier auf 'nem Zettel. Brauch ich mich nur'n paar Mal aus diesem dämlichen Fiat lehnen, der gleich kommt, und laut und deutlich sagen Piassa Santa Sowieso, und dann werden sie's mir schon zeigen. Ist ganz leicht.«

»Also hat dieses Schwein von Pathan dir die Adresse gegeben, wie?«

»Ich hatte sie schon vorher, alter Knabe, aber irgendwie verbummelt. Hier, da hab ich sie vor mir. Also, mach dich drauf gefaßt. Greg Greg ist im Kommen, ha ha! *Selamat*!« Er hängte auf.

Beard blickte verdrossen auf das Telefon. Er wußte nicht recht, wie er die Frage nach Paola beim *Mondiale* formulieren und er wußte auch gar nicht, wen er dort fragen sollte, aber er wußte im voraus, daß er den italienischen Wortschwall, den man ihm hinwerfen würde, nicht verstehn konnte. Später, überleg dir's erst mal! Machen wir später. Die Seiten seines Skripts steckte er in die weiche lederne Reißverschlußmappe, in die er Skriptseiten immer steckte, dann suchte er seinen Regenmantel zwischen den verwurstelten Bettlaken hervor. Als er eben gehn wollte, hörte er schon wieder das Telefon klingeln. Dieser dämliche Greg!

»Ich geh jetzt fort, du Idiot«, sagte Beard. »Ich weiß nicht, wann ich zurück bin.«

»Mr. Beard? Mr. Ronald Beard?«

»Wer denn sonst, du Trottel?« Dann sagte er: »O bitte entschuld- ich dachte, es wär-« Denn es war eine Frauenstimme, britisch, unpersönlich, leicht verzerrt durch ein lautes schmorendes Geräusch.

»Hier spricht London. Mrs. Beard wünscht Sie zu sprechen.«

»Was? Das muß ein- *Mrs.*?« Und dann hörte er Leonoras unverkennbare Stimme, schwach, aber klar, gepflegt, obgleich ein bißchen walisisch. Halb sang und halb rezitierte sie eines seiner Bruneier Weihnachtslieder. Er hörte zu, den Mund fast bis zur Grenze des Möglichen offen.

Schwüle Nacht, Bruneier Nacht,
Hündchen bellt, Mücklein sacht
Stechen durch das klebrige Hemd.
Weiße Männer und Frauen gehn fremd.
Der Curry bringt mich auf Trab.
Ich glaub, ich reiß mir eins ab.

Dann Stille, bis auf die Schmorgeräusche. Er hielt den Apparat in einer Hand, deren Zittern er objektiv zu würdigen wußte. Der Wählton kam. Er klappte den Hörer auf die Gabel. Greg, dieser verdammte Greg! Aber wie? Nein, Moment mal! Trenchmore. Nicht Trenchmore, aber eins von seinen Kindern. In seinem Haus in Hammersmith lagen noch seine meisten Sachen, darunter auch das Tonbandgerät und die Bänder. Viele Bänder, Aufnahmen von Radio Brunei, persönliche Aufnahmen, besoffenes Zeug. Wie hieß doch Trenchmores Älteste?

Freches kleines Luder, ganz kalte grüne Augen vor Bosheit. Deirdre? Dymphna? Augusta? Jedenfalls irgendwie irisch. Er mußte bei Trenchmore Krach schlagen, daß er sowas zuließ. London anrufen! Er stöhnte im Gedanken an die wohlbekannte arithmetische Schwierigkeit der Aufgabe. Später. Oder vergessen? Später.

Aber mein Gott, der Schock! Er brauchte einen Kognak, aber es war keiner da. Los, raus hier! Er torkelte los. Stimme aus dem Totenreich. Aber das war längst nicht mehr besonders gruselig. In Brunei hatte er mal eine ganze Serie mit dem Titel *Stimmen der Toten* gemacht, mit Unterstützung durch die Archive von Radio Malaya; fing an mit Robert Browning, der versuchte, *Wie sie die gute Nachricht von Aachen nach Ghent brachten* zu rezitieren und die eigenen Verse durcheinander brachte. Manche Tote waren heute lebendiger als damals, wo sie noch lebten. Humphrey Bogart zum Beispiel. Eine Stimme aus dem Totenreich war nichts besonders Schlimmes. Bloß der Schock, das ist alles. Und die Wut und Verblüffung. Draußen auf dem nassen Kopfsteinpflaster gab sich das Torkeln. Er stakste zu der kleinen Kneipe um die Ecke und trank zwei große Espressos und zwei Kognaks. Genau genommen war es kein Kognak, sondern *Brandy Stock*, dessen *gusto* von der Reklame als *morbido* empfohlen wurde, was einfach »weich« hieß, aber die anderen Bedeutungen waren nicht ohne weiteres zu vergessen. Der morbide Schauer brannte ihm ins Herz. Er aß ein Sahnetörtchen und mußte daran danken, wie Leonora auf Sahnetörtchen verfallen war, vormittags, allerdings mit einem kleinen Gin dazu. Er trank noch einen großen Espresso. Die morbide Ledermappe unter dem rechten Arm stakste er zu dem Fotoatelier hinter dem Da Meo Patacca; dort mußte er warten. Dann gab man ihm eine große braune *busta*. Das *pagamento* würde sie erledigen, wenn sie zurück war. Sie würde also zurückkehren. Sie existierte also doch. Ihre kleinen, flinken Hände und ihr gescheiter Blick steckten in dem Packen Abzüge, den er nun in der Mappe neben den Teilen seines Skripts verstaute, die er nun fotokopieren lassen mußte. Schon was vom Krieg in Israel gehört, fragte er die jungen Männer vom Fotoladen. Sie machten buuuuuh, nach römischer Manier, was hieß, daß sie weder etwas wußten noch wissen wollten. Beard ging. Dann kamen die *scippatori*.

Es war ein Teil des römischen Volkslebens: zwei grinsende Jünglinge auf einer Vespa oder Lambretta kommen plötzlich von hinten herangefahren, der Beifahrer faßt zu, und dann ab im Triumph unter Winken, Grinsen und Schwenken der Trophäe. »Meingott!« brüllte Beard auf englisch, gestikulierend, kopfschüttelnd, dann erst wütend werdend, »da ist doch gar nichts drin, was ihr gebrauchen könnt, ihr blöden Affen!« Vielleicht bekamen sie hundert Lire für die morbide Mappe; sein Skript und die Fotos würden sie in den gleichgültigen Tiber schmeißen. »Ihr blöden Affen!« Er rannte ihnen nach, in Richtung auf die Piazza, hinter ihrer Maschine her, die kein Nummernschild hatte und ihm auf römisch entgegen furzte und rülpste, mit den beiden drauf, die nun nicht mehr grinsten, sondern johlten und lachten. Schöne römische Raubtiergebisse, verfluchte süßliche unverschämte römische verfluchte Schönheit und unnütze idiotische Jugend. »*Furbi! Farabutti!*« brüllte er. Gegen Gehupe und opernhaftes Geschrei fuhren sie auf die Via Santa Cecilia zu, kümmerten sich einen Dreck darum, daß die Straße *senso unico* war und sie in die falsche Richtung fuhren. »Haltet die Schufte, rammt die Schufte!« versuchte Beard zu brüllen, obwohl ihm die Luft fehlte. Zu seiner eigenen Überraschung gehorchte ein Fiatfahrer. Der Fiat hielt langsam, aber entschlossen geradewegs auf sie zu. Die *scippatori* waren zutiefst überrascht. Sie spien Schimpfworte, und der Beifahrer schwenkte drohend Beards Mappe wie eine neuartige morbide Waffe. Der am Steuer versuchte es mit Zurücksetzen, Umdrehen, Ausweichen, Zurücksetzen, Abschwenken. Der Fiat stieß mit der Nase zu, und sie kippten um. Beard war nun heran, mit pfeifendem Atem, als ob es die letzten Züge wären. Greg Greg stieg aus dem Fiat und sagte: »Die Peitsche brauchen sie und einen Tritt, die kleinen Schweine, die gehören wieder unter Kolonialherrschaft.« Er gab ihnen kräftige Tritte, obwohl oder weil sie am Boden lagen. Beard griff nach seiner dreckbeschmierten Mappe und hielt sie mit beiden Händen fest. Jetzt standen viele um sie herum, die lärmten und gestikulierten, und vor ihnen wartete eine endlose Schlange hupender Wagen. Polizei war nicht da; hatte wohl anderes zu tun. Greg brüllte die Hupenden an: »Schnauze, verdammt noch mal, was sind das für Manieren?« Er setzte die Fußtritte fort. Beard packte eine Handvoll dickes, schwarzes, öliges römisches Männerhaar und ließ es wieder los. Die beiden Lümmel trugen ein phantastisches Duett vor, in dem Gottvater, Mutter und Sohn bizarre Verbindungen mit Pest, Syphilis, Fäkalien und Genitalien eingingen. Greg ließ sie aufstehen und begann dann, sie zu ohrfeigen. »Werft sie den Löwen vor in eurem Hippodrom oder Kolosseum oder wie das heißt! Sollen mal einen Tag ehrlich arbeiten! Verkaufen wir in die Sklaverei, die Halunken! Kennen wir doch, den Typ! Kanaken, Itaker! Nicht mal als Kulis zu gebrauchen! Maul gehalten, keine unflätigen Reden bitte! Jawohl, ich weiß, was unflätig ist. *Diam*!« rief er dem immer stärker anschwellenden Chor der Hupen entgegen. »*Diam*, ihr verfluchtes Gesindel!«

»Laß sie los!« sagte Beard. »Es reicht.«

»Reicht? Den kleinen Ferkeln? Ah!« Greg hatte etwas bemerkt. Ein großer, gelblich gefleckter Brocken altrömischen Steins, losgebrochen von irgendeinem längst verschwundenen Monument der imperialen Unterdrückung, lag vor dem Gemüseladen. Greg hob ihn beidhändig auf und begann damit die Vespa der beiden Scippatori zu zerbeulen. »Keine gute Arbeit, diese Dinger«, keuchte er. »Wie Pappe. Hatte die früher mal in Vertretung, weißt du noch, in Brunei.« Die beiden jungen Missetäter wären Greg mit den Zähnen an die Kehle gegangen, wäre nicht eine dicke Frau aufgetaucht, vielleicht ihre Mutter, Tante oder Stieftante, die nun offenbar Anstalten zu einer Züchtigung machte, während sie zugleich eine prächtige Leidensarie verströmte. Als sie aber sah, was Greg mit der Vespa machte, begann sie auch gegen ihn handgreiflich zu werden, aber Greg ließ sich nichts gefallen. »O nein, so nicht, Missis!« sagte er und drohte ihr mit einem Brokken von ihrer Heimatstadt. Dann wandte er sich an die nun zahlreich versammelte Menge, nachdem er zuerst den Hupen noch ein *diam* zugerufen hatte. »Müßt mal erwachsen werden!« erklärte er den Leuten. »Lernen wie man auf den eigenen Füßen steht. Seht doch mal zu, ob ihr nicht verdammt noch mal ein bißchen intelligenter werden könnt! Ihr könnt euch doch nicht ewig bloß auf uns Weiße verlassen. So, alles klar!« Er stieg wieder in den Fiat. Beard sagte:

»Da, da drüben!« Er zeigte hin. »Lohnt nicht, daß du mich hinfährst. Parke einfach da drüben, siehst du, da.« Und Beard ging in den Tabakladen an der Ecke, Mercator-Panatelas und ein Schächtelchen Reißzwecken kaufen. Es fielen laute Worte über ihn, aber ob sie teilnahmsvoll, beglückwünschend oder anklagend gemeint waren, konnte er nicht sagen. Es war nicht richtig, wenn die einheimischen Scippatori die Fremden beraubten, aber es war auch nicht richtig, wenn die Fremden die einheimischen Scippatori verdroschen. Ein stolzes Volk, dem Heimatviertel treu ergeben. Die Trasteveriner veranstalteten sogar einmal im Jahr eine große Selbstverherrlichung, mit allerlei *carosselli*, tunesischen Jahrmarktschreiern und ohrenbetäubend verstärkten Sängern – *Festa de Noi Antri* nannten sie's, das Fest von »uns anderen«, das Fest, wo wir unter uns sind, Fremde raus! Laute Worte fielen auch in der Kneipe nebenan, wo er eine Flasche *Brandy Stock* kaufte und um die Ausleihung zweier Gläser bat. Alles geraubt, erklärte er den Leuten. Aber sie haben's doch wiedergekriegt, schienen sie zu rufen, und die Burschen obendrein noch verdroschen. Nein, ihr Dummchen, bei einem anderen Raubüberfall. Als er wieder in den Hauseingang trat, sah er undeutlich, wie Gregson einen großen Karton die Treppe hinaufschleppte.

»Wie hoch. Herrgott! Wohnst du denn? Fluchte Treppe! Nicht gewöhnt!«

»Bis zum ersten Stock hast du's gleich geschafft. Kommen noch fünf. Immer mit der Ruhe! Nicht gut fürs Herz.«

»Du mußt es. Wissen das hier's. Gesöff. Leicht runter. Schwer rauf. Faß doch. Flucht noch mal. An.«

Beard faßte mit an. Über den Flaschen lag ein Stapel Zeitungen und Illustrierte, alle auf englisch. KRISE IN DER SINAI-WÜSTE hieß es in der *Times*. Im Wechsel erst links, dann rechts vorkantend, wie mit einem schweren und sperrigen Möbel, stiegen sie auf. Vor der Wohnungstür angelangt, wo Beard nach seinem Schlüssel fummelte, hätten sie fast beide im Stehen den Geist aufgegeben. Sie stießen den Karton nach drinnen. Dann lagen sie ein Weilchen halbtot lang hingestreckt auf dem Boden, Kopf an Kopf. Das Telefon klingelte. »Geh du!« stöhnte Beard. »Bist näher dran.« Greg kroch zu dem Apparat hin, der ohnehin auf dem Boden stand, und Beard kroch hinterdrein. »Aaach?« sagte Greg in die Muschel. Dann sagte er: »Wer? Weeer? Aaach!« Er bedeutete Beard, er solle den Hörer nehmen. »Hab's dir doch gesagt, daß sie. Hab doch gewußt, daß sie. Nimm!«

»Mrs.?«

»Jawohl! hab's doch gesagt.«

Beard, viel zu erschöpft, um abermals zu zittern, hörte zu. Leonora sang:

Ihr Kinderlein kommet, es wartet der Herr,
Dem keiner entkommet, der Schatzkämmerer.
Und wenn ihr ihn schmieret, so schmieret mit Charme
Und flutscht ihm zu Herzen, rektal durch den Darm.

Dann, wie beim vorigen Mal, die schmorende Stille. Beard legte bedächtig den Hörer auf. Als er wieder sprechen konnte, sagte er:

»Du weißt doch über dies alles bestens Bescheid, nicht wahr? Meine Bruneier Weihnachtslieder? Du hast das Ganze angezettelt, stimmt's?«

»Wie war das, versteh nicht, was du sagen willst. Aber das war doch sie, nicht? Sehr übler Scherz von dir, sehr schlechter Geschmack. Ich meine, daß sie– du weißt schon. Wo ist sie denn überhaupt?«

»Unter der Erde! Asche! Sie ist tot. Das eben war schon ihre Stimme, gewiß. Aber vom Tonband. Sie hat das mal gesungen. Der Schatzkämmerer von Brunei.«

»Dieses Schwein! Ach so, das Liedchen, das hat sie gesungen? Komisch. Sehr komisches Zusammentreffen. Läutet dich an, um dir das vorzusingen. Vielleicht, um dich zu ärgern. Hat 'nen Rochus auf dich. Hab ich nichts mit zu tun, mein Lieber. Brauchst mich gar nicht so anzukucken.«

»Das kommt mir aber alles verflucht komisch vor«, sagte Beard. »Woher soll ich wissen, ob du nicht mit dahinter steckst?«

»Das kommt mir auch alles verflucht komisch vor«, sagte Greg. Sie saßen noch immer zurückgelehnt auf dem Boden. »Da sitzt du hier in dieser Höhle, und keine Spur von Möbeln zu sehn.«

»Sie existiert aber, ich sag's dir doch.«

»Ich sag's dir doch schon immer, daß sie existiert. Ich hab sie doch mit eigenen Augen gesehn, nicht? Jetzt wollen wir mal einen trinken. Die Zeitungen hier sind für dich, aber ich bin nicht gerade froh, daß ich sie gekauft hab, wo ich jetzt seh, wie verflucht undankbar du bist und was du mir für Vorwürfe machst. Du hast gesagt, du willst die Nachrichten lesen. Da hast du sie.«

»Paola existiert, mein ich. Meine Itakerschnalle, wie du dich ausdrückst. Aber Leonora ist tot. Ich hab sie doch sterben gesehn, verdammt noch mal!«

»Vermutlich kein Kühlschrank. Aber die Wasserleitung werden sie dir nicht auch weggekarrt haben. Ich trinke jetzt einen Whisky *ayer*. Gläser hab ich mitgebracht.«

»Ich auch.«

»Na, dann ist's ja gut.«

Beard schenkte sich mehrere Fingerbreit Brandy Stock ein, gefolgt von mehreren Fingerbreit Leitungswasser. Er nahm die Abzüge von Paolas Fotos aus der kunstledernen *busta*. Manche waren farbig, manche schwarzweiß. Warum? So ein liebes, süßes, talentiertes Mädchen! Er begann sie mit Reißzwecken an die entsetzlich kahlen Wände des Wohnzimmers zu heften.

»Da siehst du, was ich gemeint hab, altes Haus. Könnte man die Wände hochgehn! Bei solchen Wänden, mein' ich. Wie eine Gefängniszelle. Kann ich mal jemand anrufen, daß er uns ein bißchen Eis bringt?«

»Wenn du willst! Ich kenne bloß niemand, der das macht.«

»Was heißt denn Eis auf italienisch?«

»*Chiaccio.*«

»Gie-Atsch-Oh. Mal sehn.« Greg ging ans offene Fenster und schaute hinunter. »Ah, da ist so ein Kerl in einer weißen Jacke, der bringt Kaffeetassen auf einem Tablett. He, Bursche, John, Schuhseppe, bring mal *ayer batu* hier rauf, Gie-Atsch-Oh mein' ich, dämliche Sprache, aber dalli, dalli, tuut swiet! Gie-Atsch-Oh *sini lekas-lekas*, kapiersto, *chepat sa-kali* mit ein bißchen *jildi* drin!« Er winkte mit einem Zehntausendlire-Schein. »Der bringt welches«, sagte er und drehte sich zu dem reißzweckenden Beard um. »Man muß es nur richtig anfassen. Dann kriegt man alles, was man nur will.«

»Du hast recht, daß ich verflucht undankbar bin«, sagte Beard. »Wenn du nicht gewesen wärst, wären die jetzt ein für alle Mal weg. Mein Skript und diese Bilder hier.«

»Hättest ja noch die Negative.«

»Die stecken mit in dieser *busta*. Also dankbar bin ich dir schon. Da!« Der Raum füllte sich ganz hübsch mit obliquen Ansichten von Rom. Aber Gregson schaute schon wieder aus dem Fenster und sagte:

»Diese fettärschigen Cherubsdinger da drüben, für was ist das alles?«

»Da drüben soll sie begraben liegen, da, in der Krypta. Santa Cecilia, die Schutzheilige der Musik.«

»Ich seh nicht, was die wabbelärschigen Cherubse damit zu tun haben sollen. Typisch römisch, vermutlich. Dicke Ärsche, wo du auch hinschaust, Bäuche auch. Das viele Spaghetti.«

»*Die* vielen Spaghetti!«

»Der Ort gefällt mir doch nicht so sehr. Was ich gesehn hab, reicht mir.«

»Meinegüte, Mann, du hast doch noch gar nichts gesehn außer deiner internationalen Hotelbar und dieser kahlen Mietswohnung!«

»Und diese nackten Cherubsärsche. Was ist denn das

alles überhaupt? So eine Art Hauptquartier der Katholiken, nicht?«

»Das ist im Vatikan. Rom ist in Wirklichkeit ganz heidnisch. Angeblich ist es auch sehr schön.«

»Heidnische Schönheit, wie? Ich hab so eine heidnische Schönheit zuhause, die auf mich wartet. *Ship me somewhere east of Suez where the best is like the worst.* Der braucht aber lange für das bißchen Eis. Wie wär's mit einem bißchen was zu Klecksen. Kein *minum* ohne *makan*!«

»So!« Beard war fertig mit dem Anheften der Bilder. »Jetzt ist sie da. Sie ist bei mir. Sie existiert. Ich glaube, wir können es riskieren, ins Rugantino essen zu gehn.«

»Wieso riskieren?«

»Ich glaub nicht, daß jetzt einer einbricht, um das hier zu stehlen.«

»Bist du verrückt, Mann? Bist du denn vollkommen verrückt?«

Als sie auf die Piazza hinaustraten, die nun in schwaches Sonnenlicht getaucht war, sah Gregson den Burschen, bei dem er Eis bestellt hatte, mit weißer Schürze und einem Tablett voller Espresso-Fingerhütchen; lohnte kaum den Weg. »Weißt du, was du mit deinem Gihaatscho oder wie das heißt machen kannst? Steck's dir in deinen Kuli, du schmieriger Kanake, Itaker, mein' ich!« Der Bursche grinste und machte ein altrömisches Zeichen.

»*Culo* hast du gemeint.«

»Der weiß schon, was ich meine, der faule Lümmel.«

Das Rugantino hatte seinen wöchentlichen Ruhetag, wie sie an den verschlossenen Türen merkten, und essen mußten sie daher im Comparone. »Diese Scampis sind nicht mehr die frischsten«, sagte Gregson, nachdem er sie gegessen hatte. »Dieser Wein schmeckt wie reiner Malzweinessig.«

»Weder Malz noch rein.«

»Klar. Und was sind denn das für kleine schwarze Dinger, die darin schwimmen?«

»Ich glaube, man nennt sie Weinfliegen.«

»Und diese Scheibe Kalbfleisch, oder was das sein soll, hat genau die Form einer Schuhsohle, Größe vierundvierzig. Und dieses matschige Zeugs, was ist das?«

»Zucchini.«

Gregson war anzusehn, daß er einen Entschluß faßte. Er kaute ein Stück altes Brot und erklärte dann:

»Ich hau ab. Ich fliege weiter. Für dich hab ich getan, was ich konnte.«

»Klar, ich bin dir dankbar, daß du im rechten Moment aufgetaucht bist, als diese Lümmels meine–«

»Das mein' ich nicht bloß. Jedenfalls, ich hab genug. Ich nehm die nächste Maschine nach Osten, egal wohin. Dein Rom kannst du behalten.«

»Ja, willst du nicht mit zurückkommen, damit wir das ganze Gesöff austrinken? Da ist doch noch ein ganzer Haufen Flaschen.«

»Das meiste Bier und Tonicwasser. Die verfluchte Treppe bringst du mich nicht noch mal rauf. Meingott, hast du ein Leben! Nicht mal Fahrstuhl! Die einzige Treppe, die du mich heute noch steigen siehst, ist eine mit den Beinen einer Stewardess oben drauf. Du bist schlimm dran, kann ich dir sagen. In Gottes Namen, was willst du denn bloß machen?«

»Warten. Mein Skript machen und warten.«

Greg besah sich die Rechnung, als ob sie ein weiteres ungenießbares Gericht wäre. »Ich hab mein Bestes getan«, sagte er. »Das kannst du nicht bestreiten, altes Haus.«

»Ich versteh nicht.«

»Na, macht nichts. Schau, wenn du dein Zeug da kopiert und abgeschickt haben willst, können sie das im Grand für dich machen. Spezialdienstleistungen für den reisenden Geschäftsmann. Kannst es auf meine Rechnung setzen, wenn du willst. Das machen sie dir, während ich packe. Irgendwie wird man doch östlich von Suez kommen, ehe der Tag um ist.«

Also gingen sie etwas beschickert zurück zu dem gemieteten Fiat, der vor der Rache der verprügelten Scippatori verschont geblieben war. Fiats von gleicher Größe gab es zu viele, und es wäre wohl zu mühsam gewesen, jedem davon die Reifen zu zerschneiden und ein VAFFNCULO auf die Karosserie zu krakeln. Gregson fuhr in exzentrischer Manier zur Via Veneto, brüllte Fußgängern wie anderen Fahrern harte Worte zu und fand im Grand Hotel heraus, daß um sechs eine Maschine nach dem Libanon abflog. »Das müßte gehn«, sagte er. »Nach Beirut. Von dort gibt's jede Menge Flieger nach Osten. In Beirut gibt es eine nette kleine Flughafenbar.«

Beard ließ sein Skript kopieren und die Kopie an den lieben Ed bei Warner Brothers in Burbank, Kalifornien, expedieren. Immerhin etwas erledigt. Er war mit Freuden bereit, Greg zum Flughafen zu begleiten. Das mindeste, was er tun konnte; an der Bar noch ein paar mit ihm trinken und dann zusehn, wie er abflog. Und nachher warten. Es war nur eine Chance, aber eine Chance war es immer. Wenn man wartet, wo sich so viele Wege kreuzen, kann man nie wissen. Eine geheime, verrückte Chance. Aber er sah sich schon wieder nach Trastevere zurückfahren, vom Alleinsein hier zum Alleinsein dort. »Gin-Tonic, zweimal, mit einem Tröpfchen *merah*, rot heißt das auf malayisch, nämlich Angostura. Ja, zwei große, *molto enormo*, und nicht euer selbstgemachtes Zeugs hier, Pissfords, oder wie das heißt, sondern Gordons! *A Gordon forrr me, a Gordon forrr me, if ye're nae a Gordon ye're nae guid to me*«, sang Gregson. Die anderen Leute in der dunklen Bar schauten zu Gregson herüber und zuckten die Achseln. Eine Frau schaute zu Gregson herüber, dann zu Beard, dann noch einmal zu Beard. Beard schaute zu ihr hinüber, und seine Augen begannen zu klopfen wie zwei überzählige Herzen. Es konnte ja wohl nicht sein, daß Paola heimlich nach Rom zurückgekehrt war, bloß um in dieser Flughafenbar einen zu trinken, ohne ruchbar werden zu lassen, daß sie älter, dicker – nein, nicht dicker, nur voller – und matronenhafter geworden war, in der Hoffnung auch, daß Beard sie vergessen habe, mit ganz großen Augen, daß sich die Hoffnung erfüllt zu haben schien, denn da stand auch er nun an der Flughafenbar, anscheinend im Begriff, abzureisen. Zwischen ihr und Greg waren drei besetzte Barhocker, vier zwischen ihr und Beard. Sie trug eine Art Uniformjacke, allerdings ohne Rangabzeichen oder Streifen, und eine gebügelte Hose, und vor ihr stand ein Getränk, das wie ein Negroni aussah. Beard begriff jetzt, wozu Greg da war. Warum mußte der nur seine Aufgabe so täppisch erfüllen? Er hätte nicht erst Paolas Bilder retten sollen und damit ihre Existenz bestätigen. Beard fühlte sich von einem Frösteln der Hoffnungslosigkeit durchdrungen. Hatte er das nur getan, weil das nun alles war, was er von Paola je sehn würde, und weil nicht mehr zu befürchten war, daß sie der Auferstehung der Vergangenheit oder der Toten je wieder in den Weg käme? Er sagte bedächtig zu Greg:

»Ob du nicht lieber jetzt zum Ausgang fünfunddreißig gehst? Es ist ein ganz schönes Stück zu laufen. Und du bist doch an einem Mittwoch geboren, nicht?«

»Ich dachte immer«, sagte Greg, »nur Donnerstagskinder hätten weite Wege vor sich.« Er strich sich mit dem Zeigefinger über den Schnurrbart. »Woher weißt du denn, daß es ein Mittwoch war? *Satu empat jalan.*«

»Du kannst ja im Flugzeug noch weitertrinken«, sagte Beard, »umsonst.«

»Nimm dich in Acht! Sei verflucht vorsichtig! Ich hab mein Bestes getan für dich. Also, auf den Morgenflug nach Kuching. Tauchen auf wie ein Gewitter aus der. Sing noch mal dies Weihnachtslied, bevor ich mich aufmache. Das eine mit Christen erwacht.«

Moslems erwacht,
Begrüßt den neuen Tag.
Ihr vertragt soviel, wie ich vertrag.
Groß ist das Wort,
Das lehrte der Prophet.
(Für alles Weitere ist es auch zu spät.)
Neun Stunden nach geht die Uhr.
Ihr werdet schon kahl.

Drum geht
Los und seid nicht blöd,
Laßt euch scheiden zum zehnten Mal.

»Brudermörderische Schufte!« sagte Greg. »Also, war doch mal wieder nett, alter Knabe. *Selamat tinggal!*«

»*Selamat jalan!*«

Beard schaute ihm nach, als er ging; dann holte er tief Luft und ging zu ihr.

»Miriam?«

»Ich weiß nur noch Beard. Wie war denn dein Vorname? Lon? Don?«

»Ron. Und du warst mal das Fräulein Sergeant Bloomfield.«

Ihr Haar war immer noch schwarz und lockig. Kosmetische Nachhilfe wahrscheinlich. Die Kinnpartie war ein wenig fleischiger geworden. Aber die Augen veränderten sich niemals.

»Ja, Ron! Miriam Gillon heiß ich jetzt, schon lange. Er heißt Moses, eigentlich Moshe.«

»Bißchen inzestuös. Und nun geht's nach Tel Aviv?«

»Von London, mit El Al. Man vermutet einen Fehler in irgend so einem hydraulischen Dings; die Araber natürlich. Jetzt hat man uns für eine Stunde hier abgesetzt. Rom war gar nicht vorgesehen. Und du?«

»Na, ich leb hier so.«

»Mit Leonora?«

»An ihren Namen erinnerst du dich besser als an meinen. Ich frage mich, warum. Nein, Leonora ist tot. Seit diesem Jahr, zu Frühlingsanfang. Ich meine, ich lebe jetzt hier mit jemand zusammen.«

»Mit einer Frau?«

»Liebe süße Miriam, so sehr hab ich mich nicht geändert. Ja, eine italienische Fotografin, Paola heißt sie. Sie ist nach Tel Aviv geflogen, ein paar Tage früher als du, bewaffnet mit ihren zwei Kameras. Setzen wir uns doch da drüben hin! Wenn du magst, mein' ich. Ich meine, vielleicht magst du nicht.«

Aber sie schritt schon anmutig voraus zu der kleinen Sitzecke um den niedrigen Glastisch, ihren Negroni in der einen Hand, die Tasche mit dem Aufdruck der Fluggesellschaft in der anderen. »Etwas über zwanzig Jahre«, sagte sie, als sie sich gesetzt hatte. »Nicht, so lange ist es her?«

»Jetzt muß ich wohl zu reden anfangen wie in einem Fernsehdrama«, sagte Beard. »Wie die Jahre vergehn, undsoweiter. Und die Zeit hat dir gutgetan.«

»Woher weißt du's?«

»Deiner Schönheit, mein' ich, bist immer noch sehr schön. Entschuldige, das *noch* war blöd, streich es aus! Aber schön bist du, ja! Merkwürdig, du bist mir in letzter Zeit viel durch den Kopf gegangen.«

»Den Kopf?«

Er wurde rot. Holofernes. »Ich meine, gedacht hab ich an dich. Als Leonora starb, an Zirrhose übrigens, da fing es an oder kurz darauf. Ich war natürlich alleine, und da hab ich mich an so vieles erinnert, Sommer sechsundvierzig undsoweiter. An dich. An diesen Kurs für den Führungsstab West, für den ich Vorträge halten kam, wie man eine Heeresrundfunkstation macht und solchen Quatsch.«

»Es war kein Quatsch. Ich bin dabeigeblieben, mußt

du wissen. »Dampfradio« nennt man das heute. *Bush House, BBC Overseas.*«

»Aber da bin ich doch mal gewesen und hab einen Vortrag gehalten. Als diese Revolution in Brunei losging. Ich bin in Brunei gewesen, als Rundfunkmann. Wir hätten uns treffen können, wir hätten uns immerzu treffen können.«

Sie schwellte sachte, rhythmisch die Nüstern auf. So hatte sie's schon immer gemacht, reine Gewohnheit. Er sah ganz deutlich vor sich, wie sie es machte, als sie nackt war, damals. Wie sie jetzt wohl nackt aussah? »Fliegst du für die BBC nach Tel Aviv?«

»Nein, für Israel.« Sie lächelte. »Schließlich bin ich doch eine Tochter Israels. Ich mache *Public Relations* für Moshe Dayan, noch ein Moses. Es steht schlimm da unten. Jerusalem wird bombardiert, russische Panzer stehn in der Wüste.«

»Diese atheistischen Schweine!« sagte Beard, und dann: »Vergesse ich dein, Jerusalem, so werde meiner Rechten vergessen.«

»Red keinen Stuß! Dies ist nicht die Bibel, dies ist die Realität.« Ihre Stimme war rauher als früher, vom Kettenrauchen: die gehetzte Rundfunkfrau. Sie steckte sich eine Marlboro an. Dann sagte sie: »Komisch, daß ich dir durch den Kopf gehn muß, wie du gesagt hast, oder vielleicht auch gar nicht komisch. Du bist einfach in die Vergangenheit zurückgestiegen. Warum konntest du nicht zu ihr zurück, statt zu mir?«

»Zu Leonora? Aber da war doch noch eine Zwischenstation, Paola. Paola ist um die dreißig. Sie hat mich zu dir zurückgebracht.«

»Meine Güte!« Sie mußte husten und wedelte ärgerlich den ausströmenden Zigarettenrauch fort. »Ihr Männer, euch Männer werd' ich nie verstehn. Deine Frau stirbt, und dann kommt irgend so ein Hühnchen daher und geleitet dich gütigst in die Zukunft.« Er zog die Stirn kraus, denn ihre Ausdrucksweise, in der so was wie Hühnchen vorkamen, gefiel ihm gar nicht mehr. »Aber eigentlich mögen die Männer gar keine lebenden Frauen. Die machen zu viel Wirbel, haben eigene Wünsche und Ideen. Bei Huxley, *Eyeless in Gaza,* da kommt so ein Typ vor, der in die Unterwäsche seiner verstorbenen Frau masturbiert. So sind sie alle, die Männer.«

»Das stimmt nicht ganz. Er küßt bloß die Wäschestücke, schnüffelt dran oder so. Du meinst Nekrophilie. Das ist nicht gerecht. Ich will nichts von der Toten, ich habe Leonora ausgeblendet, vollständig, ich versuche, wieder zu leben.«

»Hast du gemeint, mich möchtest du haben?« Auch dies gefiel ihm gar nicht, diese spöttische Direktheit; früher war sie ganz anders gewesen. »Oder einfach so einen Körper, von dem du noch weißt, daß er ganz nett war, und der für sich selbst nicht allzu viel verlangt hat? Leonora hatte auch einen ganz netten Körper, sogar einen sehr netten.«

»Woher weißt du das?«

»Du hast es dir nicht versagen können, mir Bilder von ihr zu zeigen, so als ob du sagen wolltest, da, schau mal, so eine hab ich, und die ist schwer in Ordnung, aber jetzt bin ich nun mal auf dich scharf. Und sie ist auch zu diesem Freilufttee gekommen, zum Abschluß des Kurses. Ich erinnere mich noch ganz gut. Frauen erinnern sich eben.«

»Dann erinnerst du dich auch noch«, sagte er, »an uns? An alles? Nein, nein, sag gar nichts, es interessiert mich nicht, wie es für dich gewesen ist, aber für mich war es ein Wunder und eine Gnade.«

»Das hätte der Marquis de Sade auch sagen können, aber der gehörte dem Zeitalter der Vernunft an. Entschuldige, ich will dich nicht aufziehn. Ja doch, es war gut, ein bißchen juvenil, aber gut.«

»Ein bißchen juvenil mußte's sein.«

»Aber jetzt bist du fünfzig, ich dreiundvierzig. Hier am Flughafen gibt es ein kleines, mickriges Hotel, mehr eine Absteige. Solltest du jetzt nicht sagen: liebe Miriam, laß uns für ein halbes Stündchen eines der Betten da belegen, damit wir sehn, wie's heute um uns steht, und dann fliegst du ab in deinen Krieg, und ich geh wieder dahin, wo ich herkomme? Wäre das nichts für dich, mein guter Lon oder Don?«

»Ron heiß ich, Ronald.« Er zog ärgerlich den Mund schief.

»Du würdest ein paar Veränderungen feststellen, klar. Der Körper hält nicht still. Brustnarben, die linke Brust fehlt.«

»Nein!« sagte er erschrocken. »Liebling! Ich versteh schon. Es ist nicht alles so – ich versteh schon. Woher weißt du's, hast du gesagt. Man weiß eben nie. Wir gehn nur nach dem Augenschein. Es tut mir sehr, sehr leid.«

»Ach, das ist nicht so schlimm. Zuerst stört das Gefühl des Übergewichts nach der einen Seite, aber dann muß man's eben mit dem richtigen Gewicht ausstopfen. Ich hab auch schon an eine Silikon-Injektion gedacht, aber dann hab ich von einer gehört, einem Filmstar, glaub ich, die das Zeug in die Blutbahn gekriegt hat und daran gestorben ist. Ich sterbe auch, weißt du?«

»Wie?«

»O, ich weiß, sterben tun wir alle, aber nicht alle wissen wir, woran wir sterben, außer am Leben, wie man so sagt. Ich weiß es. Hier kann man ein Stückchen wegschnipseln und da ein Stückchen, aber dies große, pulsierende Dings da drunter, das kann man nicht ersticken. Auch das ist Leben, dieses Dings. In gewisser Hinsicht muß man's bewundern, weil es so einen Lebenswillen hat. Ich habe gerade angefangen Rabelais zu lesen, und das ist auch so etwas – abscheulich, obszön, verwickelt und formlos, aber quicklebendig. Aber wenn ich ein bißchen Glück hab, schlag ich ihm ein Schnippchen. Ich hoffe, unser Krieg dauert lange genug. Tochter Israels gefallen, nichts von Rektalkrebs!«

Es gab natürlich nichts, was Beard dazu sagen konnte; also sagte er einen Augenblick lang nichts. Dann sagte er: »An Zirrhose sterben, ist auch nicht so schlimm.«

»Bist du schon mal dran gestorben?« sagte sie bitter.

»Entschuldige, es tut mir leid. Entschuldige. Kann ich dir noch so einen holen, einen Negroni?«

Als er die Getränke von der Theke brachte, mit einem Gin-Tonic für sich, der Gin von Bosford, mindere Qualität, die zurückzuweisen er jedoch in seiner gegenwärtigen Verfassung nicht die Kraft hatte, sagte sie: »Also von meinem lieblichen weißen jugendlichen Körper hast du geträumt. Rührend, ergreifend, vielleicht sogar schmeichelhaft! Träum nur weiter von ihm, wenn du magst!«

»Es ist nicht nur Träumen. Verrufen, Beschwören. Eine Art Vergewaltigung, glaub ich. Aber das Wort *Liebe* kommt auch vor. Das Wort haben wir damals nicht gemieden, du wirst dich erinnern. Ich hab gemeint, was ich gesagt hab. Und ich muß es immer noch meinen. Denn es hatte noch keine Gelegenheit zu sterben.«

»Ganz interessant. Meinen Mann würde das alles sehr interessieren; er ist Sprachphilosoph. Du liebst, was ich war: Das Präsenz vermählt mit der Vergangenheit, eine unmögliche Ehe. Gemeint ist gerade nicht die Art Liebe, die einzig Sinn hat, die in *Ich liebe dich* enthalten ist, mein' ich. Und was ist mit Leonora? Du verrufst mich in der Vergangenheit – verrufen hast du doch gesagt, nicht? – aber niemals sie in der Vergangenheit?«

»Es ist niemals möglich, diejenige, die Zirrhose bekam, von derjenigen zu trennen, die wie Milch und Honig, Feuer undsoweiter gewesen ist. Ein Kontinuum. Mit Leonora ist es vorbei. Gewiß, ich träume von ihr, träume, sie wäre wiedergekehrt von den Toten, aber immer nur als Feindin, als Störerin.«

»Die dich dabei stört, dich in die Vergangenheit zu versenken, die Vergangenheit, als sie weiß und zart und dergleichen war? Mr. Beard, du bist ziemlich schlimm dran. Schlimmer als ich. Ich, ich muß nur sterben. Du mußt leben.«

»Und ob ich lebe, hängt von diesem Mädchen ab, das mit den Kameras im Sinai oder sonstwo herumläuft.«

»Ja«, sagte sie abermals bitter, »eine von den Neutralen. Ich werde bald sterben, aber dabei werde ich lebendiger sein als ihr beide. Du sprichst von Leonora als deiner Feindin. Herrgott, wenn du bloß wüßtest, was das Wort *Feind* bedeutet! Was hast du denn jetzt für Arbeit?«

»Ach«, brummte Beard, »ich schreib jetzt einen Film. Über diesen Sommer, den Byron, Shelley und Mary Shelley am Genfer See verbracht haben. Byron und Shelley schrieben Gedichte, und sie schrieb *Frankenstein.*«

»Um was geht es?«

»Wie ich dir sage. Sie singen ein paar Liedchen. Und dann gibt es ein Frankenstein-Traumballett. Sie ver- und entlieben sich. Napoleon zertrampelt Europa. Dann geht der Sommer zu Ende, und sie fahren wieder heim. Nicht Napoleon natürlich, sondern Byron und seine Clique.«

»Herrgott, nein! Willst du wissen, um was es wirklich geht? Um Männer, die vor dem Leben Angst haben. Byron schreibt über den Gefangenen von Chillon. Shelley schreibt eine Hymne auf die geistige Schönheit, Gott sei uns gnädig, aber Mary Shelley, die sieht die Realität.«

»Darüber weißt du ja anscheinend schon alles. Was für eine Realität?«

»Ich habe die Sache gesehn, die du fürs Fernsehen gemacht hast. Und ich habe für den Überseefunk mal was über Mary Shelley gemacht. Sie und ihre Mutter sind sehr populär heutzutage – bei der Frauenbewegung, mein' ich. Es gehörte schon eine Frau dazu, das Frankenstein-Monster zu schaffen. Unheil, Krebs, Korruption, Schändung der Frau, alles drin! Sie war die einzige aus der ganzen Clique, die etwas vom Leben wußte. Darum geht's in dieser Sache, die du da schreibst. Und was weißt du denn in Gottes Namen vom Leben?«

»Ich versuche doch, etwas zu lernen.«

»Ich muß jetzt gehn und sehn, was mit meinem Flug ist. Vergiß nicht meinen lilienweißen Körper von sechsundvierzig!« Sie trank ihren Negroni aus, blickte ihn nachdenklich an, lächelte, küßte ihn leicht auf die Stirn und ging davon, anmutig und aufrecht.

/5/

In Genf schauten Mary, Percy und Seine humpelnde Lordschaft zum Standbild des Johann Calvin auf. »Das Ungeheuer, das ein Ungeheuer hervorgebracht hat«, sagte Byron mit gewinnender Bitterkeit. »Der Mensch als aufgezogenes Spielzeug, das Gott auf einen willkürlich vorbestimmten Weg bringt, den Weg zur Erlösung oder zur Verdammnis. Uns bleibt keine Wahl, keine Freiheit in diesem Plan. Wie ich ihn hasse, diesen Jack Calvin, wie ich diesen Jack Knox hasse! Wie euch bekannt ist« – er wechselte in Bühnenschottisch hinüber –, »mußte ich meine Jugend unter dem Pesthauch des Puritanismus zubringen, den dieser Weiberhasser verbreitet hat«.

»Er hat gegen das ungeheuerliche Regiment der Frauen gepredigt«, sagte Mary, lieblich kühl vor dem Hintergrund des Sees und der Berge.

»Regiment hieß Herrschaft«, sagte Percy pedantisch. »Doch ganz unwissentlich hat Knox uns die Vorstellung von einem Heereszug der Weiber hinterlassen, mit Hörnerschall und Trommelrühren. Eines Heereszuges, ja, aber wohin?«

»Zur Rationalität«, sagte Mary. »Zu Liebe und Gerechtigkeit. Zur Entthronung des Ungeheuers.«

»Gehn wir«, sagte Byron gähnend, »ein Glas Weißen mit Selters trinken. Ich hab einen Mordsdurst.«

Beard lehnte sich auf seinem Stuhl in der Küche zurück. Die Schreibmaschine, auf den Regalbrettern, die er über den Ausguß gelegt hatte, stand ein bißchen unbequem hoch, obwohl er sich den Stuhl mit den von Gregson mitgebrachten Zeitungen und Illustrierten gepolstert hatte. Die Hähne tropften. Er hatte langsam vor sich hin getrunken, aber nun mußte er etwas essen, und er bezweifelte, daß er es riskieren könnte, zu diesem Zweck die Wohnung zu verlassen. Als er mit dem Taxi aus Fiumicino zurückkam, hatte er schon auf dem Viale aussteigen müssen, denn alle Straßen, die von dort aus zur Piazza Santa Cecilia führten, schienen gesperrt zu sein. Er erfuhr auch, warum: Um die Via della Luce gab es eine Auseinandersetzung zwischen Faschisten und Kommunisten, und in der Basilica von Santa Cecilia war eine elegante christdemokratische Hochzeit. Fahrzeug- und Menschenmengen, Polizeiaufgebot. Beard dankte Gott für die Polizei, als er vor seinem Wohnblock die verdroschenen Scippatori vom Vormittag mit ihren Freunden erkannte, darunter auch mehrere langbeinige junge Römerinnen, nicht im mindesten entchenhaft. Die beiden Jungen, die ihn schon kannten, fletschten ihre Römergebisse, als sie ihn sahen, aber abgesehen hatten sie es offenbar auf Gregson. Beim Eintreten hatte Beard den *portone* hinter sich zugeschlagen. Er hoffte, daß auch die anderen Bewohner des Hauses nach dem Aufschließen das Türschloß wieder zuschlagen würden. Er wollte nicht noch mehr Ärger; der bisherige reichte.

»Ein Imbiß zum Tee würde uns sehr gut tun«, sagte Mary Shelley. Und ob, aber bitte mit starkem Tee. Beard ging ins Vorderzimmer und schaute auf die Piazza hinab, wo sich die Scharen der Hochzeitsgäste und der Polizisten nun verlaufen hatten. Da waren sie immer noch, die Scippatori mitsamt Freunden und Freundinnen; sie saßen vor der verschlossenen Pforte der Basilika-Gärten herum, hoch über sich die rundlichen Cherubim. Beard hatte das Licht im Vorderzimmer nicht eingeschaltet, und sie konnten nicht sehn, daß er da war und auf sie herabschaute. Was sie auch vorhaben mochten, sie schienen es ohne Ungeduld zu erwarten. Einer von den Jungen zupfte auf einer Gitarre schwächlich gegen die Mandolinen und Trompeten, das Sousaphon und das gemischte Vokalduett an, die abwechselnd die Gäste des Da Meo Patacca unterhielten. Er kannte nur zwei Akkorde, aber die reichten aus, das unflätige Lied zu begleiten, das sie trällerten; aus der Art geschlagene Kinder Bellis, die Girlanden von allgemeinem Protest um die Genitalien Gottes und seiner heiligen Mutter flochten. Die Mädchen kannten das Lied so gut wie die Jungen.

Das Telefon klingelte. Ohne allzu viel Furcht legte sich Beard auf den Boden, ehe er den Hörer abnahm. Alle Hoffnung, daß es jemals Paola aus Israel sein werde, hatte er aufgegeben. Sollte es Leonora sein, war er doch neugierig zu hören, welches Band aus den Archiven in Hammersmith die Spaßvögel jetzt hervorgeholt hätten. Diesmal, dessen war er ganz gewiß, würde sie ihm keines seiner Weihnachtslieder aus Brunei vortragen.

»Mr. Beard? Mr. Ronald Beard? Hier spricht London.« Heute abend schmorte es kaum.

»Wenn es Mrs. Beard ist, bitte verbinden Sie mich!«

Und schon war sie dran; aber diesmal sprach sie und rezitierte nicht. Die Nachahmung ihrer Stimme war sehr gekonnt: scharf, doch nicht ungepflegt, mit den Vokalfarben und den tonalen Modulationen einer Frau, die in Monmouthshire aufgewachsen war. »Schatz«, sagte sie, »ich müßte eigentlich sehr sauer auf dich sein.«

»*Ich* bin sehr sauer«, sagte er ganz ruhig. »Wie heißen Sie denn eigentlich, Dymphna, Deirdre? Kennen wir uns irgendwoher? Sind Sie zufällig eine ehrgeizige junge Aktrice? Und womit habe ich Sie gekränkt, wenn man vielleicht davon absieht, daß ich Fernsehstücke geschrieben habe, in denen Sie gern aufgetreten wären, aber keine Rolle bekamen?«

»Ja, ich weiß, Schatz«, sagte sie, »es muß für dich alles sehr schwer zu begreifen sein. Du bist in dem Glauben, du hättest mich sterben sehn. Du bist bei einem Begräbnis gewesen. Aber du weißt doch, auch Ärzte, Beamte und solche Leute können Fehler machen, bei all dem Papierkram und der Unfähigkeit heutzutage. Aber vergessen wir, was für Fehler gemacht worden sind und daß du gleich nach Amerika und Rom undsoweiter abhauen mußtest. Ich habe jetzt eine gute, lange Ruhezeit hinter mir. Mir geht es viel besser.«

»Wie bist du denn ohne Geld zurechtgekommen?«

»Ja, das wird alles noch viel Ärger geben, nicht, die Banken und die Leute vom Finanzamt zu überzeugen, daß ich noch am Leben bin? Ich hatte aber noch ein paar Reiseschecks. Die waren von unserer Reise übriggeblieben, erinnerst du dich? Sie steckten in meiner Handtasche.«

»Nein, da steckten sie nicht.«

»In *meiner,* Schatz! In der, die ich mitbekam, als ich auf die Genesungsstation verlegt wurde. Die Sachen, von denen man dir gesagt hat, es wären meine, und die du mitgenommen hast, gehörten mir eigentlich gar nicht, aber das konntest du nicht wissen. Männer schaun eben nicht so genau hin.«

»Meine liebe Dymphna oder Augusta, Sie machen das ganz gräßlich gut.«

Der Wutausbruch, der nun folgte, machte Beard unsicher; er klang genau wie die ihm bekannten und erinnerlichen Vorbilder. »Paßt das denn nicht in deinen dußligen dicken Schädel, daß ich nicht Dymphe heiß oder so, oder wie irgendsoeine von deinen dußligen Miezen? Ich bin deine Frau, hörst du denn nicht? Du hast mich verloren, aber jetzt hast du mich wieder, und ich heiße Leonora Beard, geborene Pritchard.«

»Leonora ist tot«, sagte Beard unsicher, aber fasziniert.

»Möchtest du wohl, daß Leonora tot ist, das meinst du? Möchtest du wohl, damit du deine Nymphchen und Nereiden vögeln kannst, oder wie die heißen. Bist wohl froh, daß du deine Frau los bist, wie?«

»Es geht hier nicht darum, ob ich froh oder unglücklich bin, es geht darum, daß sie tot ist und daß man sich mit dem Tod abfinden kann, mit einer Auferstehung aber nicht.« Drehbuchdialog, was du da redest. »Ich kann nicht zurück, niemand kann wieder zurück.«

»Es geht gar nicht um ein Zurück, du Dummkopf. Ich hab sozusagen krankheitshalber gefehlt, hab eine scheußliche schwere Operation hinter mir, auf Krankenkasse, und jetzt geht es wieder. Zumindest eine Zeitlang. Für ein Weilchen zusammengeflickt, kann man sagen. Die Ärzte geben mir noch so sechs Monate.«

»Und dann?«

»Irreversibles hepatisches Versagen oder irgendsoein verfluchter Mist. Aber bis dahin haben wir sechs Monate, Schatz, du und ich, und können da weiter machen, wo wir aufgehört haben?«

»Und trinken?«

»Warum nicht? Kann jetzt nichts mehr schaden. Außerdem könnten wir ja auf dem Rückflug von Rom abstürzen, arabische Sabotage oder israelische oder gottweißwas, und ein Autounfall oder eine Lebensmittelvergiftung kann auch immer passieren, oder man kann bei einer Cocktail-Party an einer Olive ersticken. Die Fetzen der Zeit, erinnerst du dich? John Donne. Die Stund' und Wochen sind nur Zeit in–«

»Und wenn ich nun sage, ich habe jetzt andere Verpflichtungen? Wenn ich nun sage, ich liebe jemand anders?«

»Ja ich weiß Bescheid, hab ich von Trenchmores gehört, daß du mit so einer kleinen italienischen …«

»Schnalle, wolltest du sagen, Schnalle?«

»Ja, wenn du's hören willst, mit einer Itakerschnalle, jawohl! Du hättest ein bißchen warten können.«

»Ich war so alleine. Ich bin immer noch alleine.«

»Ah, ist sie dir schon abgehaun, wie? Macht nichts, Schatz, jetzt bist du nicht mehr alleine, ich werde dafür sorgen.«

»Du hast etwas von einem Rückflug aus Rom gesagt. Heißt das, du hast vor, nach Rom zu kommen?«

»Heut abend. Ich bin jetzt wieder soweit auf den Beinen. Mach, daß du da rauskommst, wo du jetzt bist, irgendeine Wanzenhöhle, vermutlich, und buche etwas im Grand oder irgendeinem netten Hotel. Schlafzimmer für zwei mit Doppelbett. Ist lange her, seit wir uns mal richtig zusammengekuschelt haben. Und dann zurück nach London.«

»Da wohnen jetzt Trenchmores.«

»Die gehn nach Amerika. Trenchmore macht die Musik für ein Musical. Das Haus in Hammersmith können wir wieder haben. Du Idiot hast alle meine Kleider verschenkt. Ich muß sehn, daß ich in Rom eine neue Garderobe kriege. Wird schon alles gutgehn, wirst du sehn.«

»Für sechs Monate.«

»Vielleicht auch weniger. Zeit in Fetzen.«

Beard atmete ein, zwei Sekunden lang tief durch. »Ich begreif das nicht«, sagte er dann. »Ich begreif das überhaupt nicht.«

»Was begreifst du denn nicht, Schatz?«

»Hören Sie, egal, wer Sie sind, die ganze Sache ist zu verflucht ernst und auch, jawohl, tragisch, um damit Scherz zu treiben. Ich will Ihnen auch gern dazu gratulieren, wie gut Sie das machen, wirklich brillant, aber dann bitte ich Sie doch, mir bitte zu sagen, was da eigentlich gespielt wird. Warum das alles, warum? Was habe ich Ihnen je getan, egal wer Sie sind?«

»Das soll wohl jetzt ein Scherz deinerseits sein, Schatz, aber sehr witzig ist es nicht. Sehr witzig bist du noch nie gewesen. Die komische Serie, die du damals fürs Fernsehen gemacht hast, war bloß peinlich. Kein

Wunder, daß sie's auf halber Strecke absetzen mußten. Jetzt hör du mir mal zu, du begriffsstutziger Idiot, macht gar nichts, wenn's tautologisch ist oder irgendsoein Scheißwort, wie du das nennst, jetzt hör du mir mal zu! Ich bin am Leben und bin froh und glücklich, daß ich's bin, und ich hoffe nur, du denkst auch so. Ein bißchen so wie Lazarus, nicht, meinetwegen Lazara. In der Bibel steht doch nichts davon, wie lange Lazarus dann noch gelebt hat, nachdem Jesus ihn zurückgeholt hatte, oder? Man muß nehmen, was man kriegt, sag ich dir. Ich hänge jetzt gleich auf. Die Maschine geht so in einer Stunde. Aber der Flughafen ist fast nebenan. Du brauchst mich übrigens nicht abzuholen. Ich nehm ein Taxi. Fürs Grand wird es heut abend wohl zu spät, also verbring ich den Rest der *notte* bei dir und deinen Wanzen.«

»Wo bist du denn eigentlich?«

»Bei Ceridwen. In Manchester, oder davor. Nicht weit von Ringway.«

»Verdammt noch mal, wer ist Ceridwen?«

»Meine Kusine, du Idiot! Weißt du denn gar nichts mehr? Ach, übrigens, in der *Vogue*, hast du doch sicher, findest du diese ganze Sache ziemlich klar auseinandergesetzt, mit Tod, Auferstehung undsoweiter; schau mal hinein! Wie der Titel war, weiß ich nicht mehr, aber du findest es sicher.«

»Woher willst du wissen, ob ich *Vogue* habe?«

»Bist du verrückt? *Vogue* hast du doch immer gehabt. Du hast gesagt, die Gesichter der Modelle brächten dich auf Ideen für Charaktere. Daher auch, wie ich dir oft genug gesagt habe und wie du sicher vergessen hast, die totale Fadheit deiner Charaktere. Tschao, *nghariad!*« Und das war's gewesen.

Also war es eine Verschwörung zwischen dieser Ceridwen, an die er sich überhaupt nicht erinnern konnte, und der Kleinen von Trenchmore. Und wahrscheinlich steckte Greg Gregson auch mit dahinter, wenn man von der Sache mit den unbewußten Mythen einmal absah. Und die Motivation? Dieser Skriptdirektor bei Warner Brothers war ganz wild gewesen auf Motivation. Okay, machen sie, aber welches ist ihre Motivation? Nun ja. Wenn Beard in seinem ganzen Leben, solange er gängige Stücke für Film und Fernsehen schrieb, eines begriffen hatte, dann dies, daß die Motivation, soweit sie sich mit einem vernünftigen Wort handfest angeben ließ, zwar eine unvermeidliche Eigenschaft dieser Stücke war, daß sie sich aber sogar hier manchmal nur als ein Knochen erwies, den man den Hunden der Vernunft vorwerfen mußte. Man gab der Vernunft ihre Gründe, während die echte Triebkraft der scheinbar unerklärlichen Handlung ein echt unerklärliches Vorhaben war, sogar hier. Aber nicht einmal Romane für gehobene Ansprüche wie die von Henry James schrieb man, um das Leben zu erklären; man schrieb sie, um dem Leben zu entkommen. Er ging noch einmal in die Küche und durchsuchte den Stapel Zeitschriften, auf dem er gesessen hatte. *Time, Newsweek* mit Moshe Dayan auf dem Cover, der *New Statesman, Variety*. Es könnte etwas drinstehn über die bevorstehende Ablichtung seiner Liebessommergeschichte, vielleicht sogar etwas über P. R. Pathans Scham wegen der eigenen Unfähigkeit, eine brauchbare Filmfassung zu einem seiner Romane zu schreiben, aus der sich womöglich sein wilder Haß und seine Eifersucht auf die professionellen Drehbuchautoren erklärte. Motive gab es immer mit Mengenrabatt. Und da war *Vogue*.

In der Mitte des Heftes, abgeschirmt von frostig-langstelzigen Modellen, war ein Artikel von einem Mann oder einer Frau namens Leslie Hollander, mit dem Titel »Jeder Witwer fühlt sich wie ein Mörder«, was vielleicht heißen sollte, daß jeder im Grunde ein Mörder war, zumindest aus der Sicht der neuen Frauensolidarität, und daher in den Tod oder ersatzweise zum Wahnsinn zu treiben war. In dem Artikel aber stand etwas davon, daß es schon sehr selten wäre, daß ein Mann seine Frau von den Toten zurückhaben wolle, viel häufiger sei eine gewisse Erleichterung, sogar dann, wenn die Ehe bis zum letzten Kapitel ein Idyll gewesen sei. Sexuelle Abwechslung hatte natürlich einiges damit zu tun, der heiße, lieblose, aber auch schuldfreie Sex, etwas ganz anderes als die eheliche Liebe. Die Männer waren nun einmal moralisch haltlos und wußten es selbst, sie träumten im Bett von flachen jungen Bäuchen und prallen jungen Brüsten, während die dicke und schlaffe, aber noch immer verehrte Gattin physisch vernachlässigt blieb, mit Träumen, die gegen Haushaltsrechnungen und Küchenprobleme nicht aufkamen. Das Geschlechtsleben des Witwers konnte nicht wirklich unschuldig sein, denn in gewissem Sinne war die Frau ja auf die Seite gebracht worden, damit die flachen Bäuche und prallen Brüste nicht mehr nur in der Phantasie genossen werden könnten. Das Schuldgefühl wäre dasselbe wie bei einem Mörder. Interessanterweise sei das Begehren des liebenden Mannes, daß ihm die Gattin aus dem Grabe wiedergegeben werde, etwas so Ungewöhnliches, daß die Dichtung, in der doch die Wunschträume wahr werden, sich nur sehr selten damit befaßt habe. Die Alkestissage der Griechen, auf die sich Milton in einem augenfällig unaufrichtigen Sonett über den Traum bezieht, daß seine spät geehelichte und im Kindbett gestorbene Heilige zu ihm zurückkehren werde. Bekannter die Sage von Orpheus und Eurydike. Götter im Grunde einig mit dem Mann, der lieber ein neues, schlankes und prallbusiges Bienchen will; daher die lächerliche und grausame Bedingung, daß Orpheus die ihm wieder Zugeführte nicht anschauen darf, wenn er sie behalten will, ganz unerfüllbar für den wahren Liebenden, und Orpheus wird schließlich von anderen Frauen in Stücke gerissen, betrunkenen Bacchantinnen, weil er nicht aufhören kann, von seiner angebeteten und aufs neue verlorenen Eurydike zu brabbeln; sogar sein abgerissener Kopf, den der Fluß davonträgt, brabbelt immer noch ihren Namen vor sich hin. Irgenwie paradox oder abnorm. Echte Erfüllung einer glücklichen Ehe liegt vermutlich in Schaffung einer unendlich subtilen und vielseitigen geschlossenen Gemeinschaft mit Separatsprache und Separatgeschichte. (Genau, was er auch immer sagte!) Welcher perverse Teufel muß im Mann – nicht im Menschen – stecken, daß er ohne allzuviel Bedauern zusehn kann, wie alles zu Ende geht? Lag vielleicht nicht nur an Sex und Fortpflanzung.

Ein Szenario. Mann wird ins Krankenhaus gerufen, Frau liegt im Sterben. Gesicht der Sterbenden kaum zu erkennen, nimmt aber an, sie ist es, Begräbnis, Ende, neuer Anfang, aber Irrtum, sie war's gar nicht. Frau noch am Leben, erholt sich auf anderer Station oder sogar anderer Klinik von einer Operation. Mann – hat's eilig gehabt, Männer haben's immer eilig – erfährt alles erst nach Eingehen neuer Lebensbindung. Vergleichen mit Geschichten von Fliegern, Soldaten, fälschlich Totgemeldeten, die zurückkommen. Geschichte von Enoch Arden, heroische Selbstaufopferung, soll sie glücklich werden mit ihrem Neuen, und dann ab in die Nacht, unmögliches Melodram. Recht, Liebe und Logik gebieten Freude und Frohlocken, daß glückliche Ehe kein zugeklapptes Buch, sondern wahre Geschichte mit Fortsetzung, bis daß der wahre Tod das letzte Wort spricht.

Also da haben sie's her, die Verschwörer, dachte sich Beard. Wie weit aber werden sie das grausame Spiel noch treiben wollen? Doch gewiß nicht so weit, daß sich tatsächlich jemand für die auferstandene Leonora ausgibt und hierher nach Rom fliegt? Das gäbe ein bösartig-lächerliches *dénouement,* das Eingeständnis, daß der Scherz ein Scherz war: Sollte das die Ausgabe guter, wenn auch neuerdings abgewerteter Sterlingpfunde für eine Flugkarte lohnen? Aber alles schien sehr gündlich und in hohem Maße plausibel vorbereitet zu sein. Tatsächlich gab es bei Manchester einen großen internationalen Flughafen, Ringway, und ohne Zweifel würde es von dort aus einen Nachtflug nach Rom geben, über Mailand, das italienische Manchester. Was er jetzt anscheinend tun müßte, war, sich aus dem Staub zu machen; aber würde er damit den Spaß verderben oder ihm gerade die Krone aufsetzen? Und, wenn er hier verschwände, nämlich diese Wohnung verließe und sich irgendeinen schummerigen Gasthof suchte, zum Beispiel um die Via Nazionale, wäre das nicht eine Art Eingeständnis, daß sein Verhältnis zu Paola letztlich doch keine Zukunft habe? Nicht unbedingt. Eine Wohnung ist nur eine Wohnung, besonders wenn sie noch dazu leer ist wie diese: Er müßte dann nur eine Nachricht beim *Mondiale* lassen, die ihr, wenn sie zurück kam, alles erklärte; außerdem jeden Tag ein paar mal diese Nummer hier anrufen, für den Fall, daß sie plötzlich wieder da wäre. Eine andere Frage, über die nachzudenken er jetzt gar nicht erst anfangen durfte: Bestand das eigentliche Ziel dieser Verschwörung, an der dann auch Pathan beteiligt sein mußte, in der Vereitelung seiner *vita nuova* – welch passender dantesker Ausdruck! – mit der liebreizenden Paola, und, wenn ja, warum? Aber als Motivationsexperte wußte er ja, daß es keinen Sinn hatte, nach dem Warum zu fragen.

Da er noch immer, seit dem Frühlingsanfang schon, nur mit leichtem Gepäck unterwegs war, würde es nicht weiter schwerfallen, schnell zu verschwinden. Er hatte eine kleine kunstlederne Reisetasche, die schlaff an der Türklinke des Studios baumelte, zwei inzwischen trokkene Hemden auf einem Bügel, der an einem Nagel an derselben Tür hing, drei Schlipse und was er im Augenblick trug, seine Arbeitskluft. Die Wiederaneigner hatten entweder dies alles übersehen oder, wahrscheinlicher, rasch einen gestalthaften Zusammenhang zwischen diesen Sachen und dem unfertigen Skript hergestellt: kein Interesse. Das Verschwinden, fand er, sollte dem Impuls überlassen bleiben, nicht geplant werden.

Diese Pseudo-Leonora, wenn sie überhaupt käme, würde jetzt etwa auf dem Flughafen Ringway eingetroffen sein. Er ging wieder ins Vorderzimmer, schaute hinaus, sah, daß die Scippatori nebst Freunden nun nicht mehr vor dem Tor der Basilika hockten, nickte ohne Befriedigung, denn er hatte ja gewußt, daß sie es irgendwann müde werden mußten, knipste das Licht an und labte seine Augen an Paolas obliquem Rom. Dann schlug er in seinem kleinen schwarzen Notizblock eine Nummer auf und wählte sorgfältig. Zu seiner Überraschung hatte er sofort Anschluß.

»Hier Trenchmore?«

»Nicht zu glauben, ich hätte nie gedacht, daß ich gleich beim ersten Mal durchkomme, mit dieser ganzen Mathematik und dann die eigene Nummer schüchtern und verloren unter all den vielen am andern Ende!«

»Das klingt mir nach Ron Beard, Dialog wie im Fernsehen. Hab den ganzen Tag versucht, Sie zu erreichen, aber klein Glück. Glück, daß Sie anrufen. Hören Sie, dringend, ich brauch das Haus nicht mehr, die Arbeit, kennen Sie ja selbst, sind ja in derselben Mühle, ich muß übers Wasser. Sie verlangen doch nicht die Miete für die vollen drei Monate, oder? Sind Sie noch dran, verstehn Sie mich?«

»Ja, ich weiß, Sie machen die Musik für ein Musical. Leonora hat's mir erzählt. Nicht zufällig die Musik für den Liebessommer am See?«

»Nein, klingt sehr wäßrig, ach, das ist Ihres, wie, Entschuldigung, ist aber noch ein mieser Titel, nein, meins ist eine Ballettmusik für 'ne Sache über Frankenstein, interessante Idee. Leonora? Leonora? Aber Mann, Leonora kann davon noch nichts gewußt haben. Hat sich grad erst ergeben.«

»Also klar, Sie brauchen nicht zu bezahlen; geben Sie bloß den Schlüssel nebenan ab, das Klavier können Sie auch stehn lassen, bis Sie soweit sind, hören Sie? Wie heißt Ihre älteste Tochter? Wie alt ist sie? Spielt sie gern andern Leuten Streiche? Ist sie so ein bißchen, wie man sagt, boshaft?«

»Mein Gott, Sie wollen sie doch wohl nicht heiraten, oder? Sie ist fünfzehn und heißt Kathleen, und zur Zeit hat sie grad eine ernste Phase. Boshaft? Boshaft? Mich mag sie zur Zeit gar nicht, was natürlich auch boshaft ist, aber es hat Gründe, die ich Ihnen wohl nicht zu erklären brauche, wenn's Ihnen nicht grad lebenswichtig ist. Ist Ihre Frage damit beantwortet, und warum fragen Sie eigentlich danach, wenn ich mal so frei sein darf, Sie zu fragen?«

Beard schickte einen Seufzer durch die lange Leitung nach London. »Ist nicht so wichtig. Ist sie zur Zeit bei Ihnen? Oder ist sie bei jemand in Manchester?«

»Sie ist hier und nirgendwo anders, im Bett, oder jedenfalls war sie da, als ich sie zuletzt gesehn hab. Warum sollte sie Freunde in Manchester haben?«

Im Augenblick hörte Beard einen lauten, rollenden Gesang von tief unten aus dem Treppenhaus. Es war ein Dicker namens Alessandrone, der von irgendeiner Arbeit heimkam; er genoß den Klang seiner Stimme in dem großen Resonanzkasten des Treppenhauses. »Na gut«, sagte Beard zu Trenchmore, »das wär's denn. Entschuldigen Sie, daß ich Sie so spät noch gestört hab.«

»Keine Ursache. Bin froh, daß wir die Sache geklärt haben. Und, nehmen Sie's mir nicht krumm, aber ich würde sagen, für Kathleen sind Sie ein bißchen zu alt.«

»Ich bin ja wohl schon verheiratet«, sagte Beard. »Immer noch verheiratet, mein' ich. Lieber Himmel!« Er hörte die Türklingel surren, und eine Frauenstimme, eine italienische, Paolas Stimme sagte etwas mit *darling*. »Sie's zurück! Sie's da!«

»Was war das von ver–?«

Beard hatte aufgelegt, rappelte sich vom Boden hoch. Er rannte, stolperte zur Tür, probte Worte wie *tesoro mio* und *amore*. *»Amore«*, sagte er, als er die Tür weit aufriß. Nicht ein Mädchen stand davor, sondern vier, und sie standen nicht lange, sondern waren gleich drinnen, wobei die eine, die größte, ihn am Hinauskommen hinderte, indem sie sich flach gegen die schon wieder zugeknallte Tür drückte. Es war rein symbolisch, gab ihm zu verstehen, daß er sehr bald Auslaß begehren würde, wenn er erst wüßte, was sie vorhatten, und auf eine wirre Art wußte er's schon. Die Größte sagte:

»Ich bin Amerikanerin, Sprachprobleme haben wir also keine. Aber es wird auch nicht nötig sein, viel zu reden. Sublinguistische Aktivität, so könnte man's nennen.«

»Sie sind Studentin? Wer sind die hier?« Nicht nötig, die Frage, denn die vier gaben sich schon durch Kleidung, Auftreten, Frisur oder Unfrisur als Mitglieder der neuen internationalen Schwesternschaft der entfesselten Jugend, Abteilung Frauen, zu erkennen.

»Ich glaube, auch Onomastik ist hier nicht nötig, aber ich heiße Arlene, und das hier ist Donatella, hübscher

Name, wollte, ich hieße auch so, und das ist Maria und das ist Paola.«

»Wer?«

»Paola, das Femininum zu Paolo, italienisch für Paul. Kein guter Name für ein Mädchen, nicht, wenn man mal an den Heiligen Paulus denkt, was der gesagt hat, wo die Frauen hingehören, sollten lieber heiraten als brennen.«

»Also«, sagte Beard und versuchte, tief nach Luft schnappend, zu lächeln, »weiß ich nun, wer Sie sind. Warum sind Sie hier, und was wollen Sie?«

»Geht um eine Vendetta, wie man's nennen könnte. Zwei Freunde von uns sind sehr bös auf Sie, aber die haben einen Termin, müssen irgendwo eine Wohnung ausnehmen. Herrgott, hier ist ja nicht viel mitzunehmen. Hätten die gelacht, wenn sie sich hier reingestemmt hätten, und dann das hier! Das einfache Leben, was? Alles von sich abtun, bis aufs Nötigste. Aber auch vom Nötigsten ist nicht viel da, soweit ich sehe.«

»*Arlina*«, sagte Donatella, eine Goldblonde, möglicherweise von venezianischer Abkunft, »*cominciamo. Parli troppo.*«

»Ja, schätze, das stimmt«, sagte Arlene. »Also, alles abtun bis aufs Nötigste!« Und sie machte den Anfang, indem sie den Pullover und die Jeans abtat, unter denen sie nichts mehr trug. Das Mädchen, das Paola hieß, eine Blasse, Dickliche, kicherte, als sie alles ausgezogen hatte; die war wohl noch nicht richtig emanzipiert. Acht Brustwarzen, nach der kurzen Aufregung des Entkleidens zur Ruhe gekommen, starrten Beard entgegen. Mutig sagte er mit abgewendetem Gesicht:

»Eine einzige – ganz entzückend, sogar wenn sie wie

diese junge Dame hier, Paola, haben Sie gesagt, der *pasta* allzu ergeben ist, *una desecrazione!* Zwei: Laß ich mir gefallen, besonders, wenn sie lesbische Neigungen haben. Aber vier, Miss, das müssen Sie als Wissenschaftlerin mir zugeben, sind ganz und gar grotesk. All die Brüste, all die Schenkel – *troppo!*«

»*Che dice?*« fragte die eine, die Maria hieß.

»*Niente*«, sagte Arlene. »Hübsch, daß Sie das Wort *grotesk* gebrauchen, Mister«, sagte sie zu Beard. »*Adesso*«, sagte sie zu den anderen Mädchen. Sie rissen Beard sehr grob die Kleider vom Leib und veranstalteten mit jedem Stück einen Tanz, der trotz der patschenden nackten Füße, trotz all des schlenkernden und wabbelnden Fleisches, als sie an ihm zerrten und herumrissen, der Anmut nicht völlig entbehrte. Nachdem sie in der Diele angefangen hatten, waren sie zunächst unschlüssig, ob sie sich ins Vorder- oder ins Schlafzimmer hinein ausbreiten sollten, denn Platz war ja überall genug. Das Vorderzimmer bekam den Vorzug, denn das Fenster stand dort schon weit genug auf, um die Kleiderfetzen hinunter auf die Piazza zu werfen: ausgerissene Ärmel, einzelne Hosenbeine, Streifen von seinem Hemd, die im Nachtwind kurz aufflatterten, die beiden Hälften seiner ärmellosen Weste. »Da, schaut mal«, sagte Arlene, »sein *uccellino*! Ganz verschrumpelt vor Angst. Wie übrigens der ganze Körper. Mindestens vierzig oder fünfzig, würd' ich sagen, auf jeden Fall *alt.* Aber noch zu gebrauchen. Möchten Sie nicht lieber etwas überziehen?«

»Ich habe ja nichts mehr«, sagte Beard und bedeckte mit der linken Hand sein Geschlechtsteil.

»Sie müssen noch etwas haben. *Cercate, ragazze, altri*

vestiti! Die drei Römerinnen hüpften platschfüßig umher. Sie fanden den Anzug und die Hemden an der Tür im Studio und hatten viel Spaß dabei, auch diese zu zerreißen und hinauszuwerfen. Sie kicherten, dann lachten sie schallend, als sie beim heftigen Ziehen in zwei Richtungen fast die Balance verloren hätten. »Der Anblick der Zerstörung, mein Herr, scheint Sie in eine gewisse Erregung zu versetzen«, sagte Arlene, aufmerksam musternd, was er nicht völlig verbergen konnte. Er stürzte los zum Telefon, er konnte wenigstens, nein, wußte die Nummer gar nicht, dann zum Fenster, um wenigstens einmal *Polizia* zu brüllen, aber Arlene stellte ihm sehr gekonnt ein Bein und ließ ihn schwer auf den harten, kalten Travertin hinschlagen.

»Verfluchte Drecksau!«

»Unflätige Reden«, sagte Arlene, »Kakophonien! Komm jetzt, mein Schäfchen, es wird Zeit fürs *spettacolo! Una sedia!«* sagte sie zu Donatella, die ein interessantes Muster von Malen auf dem linken Schulterblatt hatte. Es geriet in Bewegung, als Donatella, eine Linkshänderin, den einen noch verbliebenen Stuhl im Vorderzimmer aufnahm; der zweite stand nun in der Küche. Beard wurde ins Schlafzimmer eskortiert, und Donatella stellte mit Bedacht den Stuhl ans Fußende des Bettes, sofern von einem solchen noch die Rede sein konnte. Mit einem anmutigen Knicks forderte sie ihn zum Platznehmen auf. Er nahm Platz. Was er nun mitansah, sah er nicht ungern; theoretisch wußte er, daß es das gab, und hatte auch schon Fotos gesehen, aber so, in Fleisch und Blut, mitsamt den Geräuschen und Gerüchen, war es für ihn doch etwas Neues. Mädchen, die es in Vereitelung der läppischen, von Mutter oder auch Vater Natur vorbestimmten Zwecke einander antaten und dabei recht befriedigende Ekstasen erzielten. Zwei, drei von ihnen, im Gleichtakt und in einander verschlungen, aber niemals vier, denn in wohlbegründetem Mißtrauen ließen sie immer eine als Wache bei ihm. Aber was er überhaupt dagegen hätte tun können, war ihm inzwischen gar nicht mehr klar; auch um es bloß der Questura zu melden, wäre schon seinerseits ein Wortschatz und seitens der Beamten eine Intelligenz erforderlich gewesen, die so ohne weiteres nicht zu Gebote stehn würden. Und wenn er nun ihre Kleider, ebenfalls zerrissen, aus dem Fenster würfe? Denen würde es nichts ausmachen, nackt durch die Straßen zu hüpfen und jedes Paar *carabinieri* zu vergewaltigen, das sie aufhalten wollte.

Was dachte denn Seine Heiligkeit, der jetzt wohl im Vatikan den Schlaf des Gerechten schlief oder vielleicht auch noch emsig an einer Rede arbeitete, in denen das Wort *peccatum* oder *paccato* gar nicht mehr vorkam, in was für einer Stadt er sich befand? Und mehr noch, was würde der tun?

Das war ja wohl seine Sache, die Straßen seines Bistums auf leisen Sohlen zu patroullieren, gefolgt von sündenschnüffelnden Kardinälen, die genau nach sowas Ausschau hielten oder auf Stimmen lauschten, die sich über dergleichen beschwerten.

Bedenklich war nur, daß es gar nicht nach Sünde aussah. Die Mädchen hatten zu viel Freude dran, ihre Gesichter wurden ganz inbrünstig, gewannen eine unschuldige Schönheit, mit halboffenen Lippen, wie zum

Empfang der Hostie. So hatten sie vielleicht alle drei auch bei der *prima comugnione* ausgesehn, wie die Römer das nannten. Ausgenommen Arlene natürlich. Arlene war eine von den Neutralen, Verderbnis stiftend, aber selbst frei davon. Sie hatte jetzt die Wache, die Wache über Beard. Sie sagte:

»Frei werden wir nie sein, nicht vollkommen. Wir brauchen die Penetration, und zwar muß es der Holofernes sein, nicht irgendein japanischer Behelf.«

»Woher haben Sie das – diese Bedeutung von Holofernes?«

»Eric Partridge, *Dictionary of Slang*. Entscheidend ist nur, daß wir die Kontrolle haben müssen. Begreifen Sie? So wie jetzt.«

»Ah, nein!« sagte Beard. »Es gibt doch manches, wozu kein Mann sich zwingen läßt.« Dann, um der italienischen Abordnung entgegenzukommen, übersetzte er: *»Ci sono cose che nessuno«* – oder vielleicht besser – *»nessuna persona, puo far fare a un uomo.«*

»Sie irren sich gründlich«, sagte Arlene und schüttelte ihre Locken von schmutzigem Stroh, eine verregnete Ernte. »Wie Sie gleich sehn werden.«

Man lernt nie aus, dachte Beard bekümmert, als er unter Arlene lag und sie ihren kraftvollen Mißbrauch mit ihm trieb. Und dann kam Donatella, oder war es Maria? Das Gräßliche war, daß keine der ekstatischen Konvulsionen irgend eine Zärtlichkeit weckte. Als Paola an der Reihe war, konnte er sich nicht mehr beherrschen; was Fleisch und Blut, besonders, wenn das erstere vom letzteren so geschwellt wurde, durchstehen konnten – durchstehen, ganz buchstäblich! – hatte eben doch eine Grenze. Er packte das Mädchen mächtig, worüber sie ebenso mächtig überrascht und wütend war, und pumpte kurzentschlossen den Samen in sie hinein. Sie schlug mit den Fäusten auf ihn los. Die anderen klatschten ironisch Beifall. Das hatte er, verdammt noch mal, nicht gewollt, es hatte überhaupt nicht in seiner, verdammter Mist, Absicht gelegen. *»Non era la mia intenzione«,* rief er laut und bieder wie ein christdemokratischer Politiker, *»non minimamente.«* Aber natürlich hätte kein italienischer Politiker sich jemals für irgend etwas entschuldigt.

Nun wurde er, zumeist in derbem Straßenrömisch, wegen seiner geschrumpften Männlichkeit verhöhnt. »Sie sind noch nicht fertig«, erklärte ihm Arlene. »Wir haben die Kontrolle, und wir tun, was uns paßt.« Beard wollte schon wieder davon anfangen, daß es doch manches gebe, wozu man keinen Mann–, aber diese verdammten Kreaturen kannten alle Bordelltricks der Stimulierung, von einer gewissen Madrider Spezialität bis hin zu einem, von dem er bisher geglaubt hatte, daß er nur unter den Tamilen geläufig sei. »Genug!« stöhnte er schließlich. *»Basta,* um Himmels willen, *basta!«*

»Was haben Sie denn zu Trinken da?« sagte Arlene. »Ein Joint wäre natürlich zu viel verlangt.« Als er sie in die Küche gehn sah, kam er sehr schnell, wenn auch mit Mühe, hoch von seiner Matratze.

»Nehmen Sie sich, was sie wollen, aber lassen Sie die Schreibmaschine da stehn!«

»Schriftsteller, was?« sagte Arlene und entkorkte den Dimple-Haig. »Nein, Drehbuchschreiber, na ja. ›Szene 49: Außen Tag. Alpenlandschaft in herrlichem Sonnenschein. Shelley, außer sich, wird heimgesucht von Versen, der Hymne an die geistige Schönheit.‹ Na, vermutlich Quatsch! Aber nein, Shelley war schon richtig, glaub ich, sowas wie ein früher Feminist. Mary war eine Heilige, eine große Vorkämpferin. Also ein Drehbuchschreiber, soso! Gin pur ist nicht gut für dich«, sagte sie zu Donatella. »*Fa male.* Mach, was du willst. Ich hab dir's gesagt.« Und wieder zu Beard: »Geld müssen Sie ja auch haben. Wo haben Sie's?«

»Auf der Bank.«

»Viele Verstecke haben Sie hier nicht, so viel kann man sehn. Na ja, dann nehmen wir Ihre Schreibmaschine mit, Herr Autor. *Prendiamo*«, sagte sie zu den drei anderen, die ihre Blößen mit dem üppigen Bierschaum umhüllten, »*la macchina da scrivere.*«

Beard packte den Hals einer leeren Bierflasche und schlug am Oberteil des Gasherdes den Boden ab. »Rühren Sie diese Schreibmaschine an«, sagte er, »und was an Ihnen allenfalls schön ist, wird für immer verunziert.«

»Hübsch, wie Sie das sagen«, räumte Arlene ein, »aber ein bißchen unmodern. Ist das Ihr Fach, historische Drehbücher? Wohlan denn, auch wir können Blut sehn!« Sie zerschlug ebenfalls eine Bierflasche, aber keine leere. Maria bekam das Bier ab; sie schrie, als ob es schon das Blut wäre. Ein nackter Mann gegen ein nacktes Mädchen, beide mit einer gezackten Glaswaffe. »Achtung, die Füße, *ragazze!*« warnte Arlene. »Es ist lächerlich«, sagte Beard. »Richtig«, sagte Arlene. »Ich meine, Sie haben Ihre Strafe weg. Ich meine, Ihre Strafe hat noch kein Ende. Niemand wird doch auf einem Küchenausguß ein Manuskript tippen, wenn er eine andere Wahl hat.« Vom Fußboden des benachbarten Raumes klingelte das Telefon laut und schrill. »Nicht rangehn!« sagte sie zu Beard. »Du gehst ran«, sagte sie zu Paola. *»Tu.* Alles raus hier, jedenfalls! Liegen zu viel Scherben auf dem Boden.«

Paola hielt am Telefon einen langen, schnellen und ununterbrochenen Monolog, in dem Sodomie, Cunnilingus und Fellatio mit schlichtem und normalem, wenn auch in stinkenden *gabinetti* ausgeführtem Wichsen und Bumsen zu einem hagiographischen Kontext verwoben waren. *»Chi era?«* wollte Arlene wissen. *»Non lo so«,* sagte Paola, *»parlava inglese.«* Die Mädchen begannen plötzlich sich anzuziehen; ein zähes Geschlecht, egal in welche Rasse oder Kultur es sich kleiden mochte.

»Ihnen ist doch klar«, sagte Beard, »daß ich hier raus möchte. Ich kann aber nicht raus. Ich kann doch nicht splitternackt auf die Straße gehn.«

»Sie werden schon einen Weg finden«, sagte Arlene, als ihr Haar knisternd aus dem Kragen ihres Pullovers hervorsprang. »Was sind denn das für Fotos? Inszenierungsvorschläge für diesen Quatsch über Shelley, den Sie da schreiben? Sieht mir alles wie Rom aus. Na, wissen Sie, ein nackter alter Mann zeigt sich vier anständig, was sag ich, keusch gekleideten Mädchen! Sie sollten sich was schämen. Mein Gott, erzählen Sie mir bloß nicht, den Steifen kriegen Sie von den Bildern da! Was manche Leute so anmacht, ist mir ein Rätsel.«

»Lassen Sie das!« schrie Beard, als Maria und Donatella übermütig die Bilder von den Wänden zu reißen und zu zerfetzen begannen. »Nein, machen Sie doch, was Sie wollen, mir ist alles egal.«

Arlene nickte ihm zu. Sie hatte, wie er nun bemerken konnte, recht schöne grünliche Augen. »Verflucht hart, das Leben«, sagte sie, »wie Sie vielleicht bemerkt haben. Los, *ragazze, andiamo. Moviamoci!*« Maria versuchte ihm mit ihren kleinen harten Schuhen gegen das Schienbein zu treten, aber er wich aus. Donatella machte eine Geste gegen sein nun geschrumpftes Mannestum, als ob sie es abkneifen wollte. Paola kicherte bloß. Arlene sagte: »Ich werde unsern Freunden sagen, sie sollen Sie in Ruhe lassen. Betrachten Sie sich als vor weiteren Heimsuchungen sicher.« Er hörte sie lärmend die Treppe hinabsteigen; im Vorbeigehn hämmerten sie laut an die Wohnungstüren. Vom Fenster aus sah er zu, wie sie in die Via Santa Cecilia einbogen. Flachbäuchige, prallbusige Hühnchen! Er verspürte plötzlich eine tiefe Sehnsucht nach waliser Lammbraten, mit Minzsoße und *potch*.

/6/

Beard saß nackt auf dem Fußboden und nahm den Telefonhörer ab. Er wählte keine Nummer; er sprach in das sanfte, erwartungsvolle rhythmische Summen hinein. Er sagte: »Es ist leichter für mich, wenn ich dich mit Leonora anrede, denn wie du wirklich heißt, weiß ich nicht. Es fällt mir sogar leicht zu glauben, daß du Leonora *bist*. Du hast dich angehört wie Leonora, du hast Sachen gewußt, wie sie Leonora gewußt hat, zum Beispiel, daß mich die Gesichter der Modelle in *Vogue* auf Ideen für meine Charaktere bringen. Dies ist eine Sache wie für Sherlock Holmes, scheint mir: Wenn alle anderen Erklärungen versagen, muß die eine, die noch bleibt, so verrückt sie auch ist, die richtige sein. Also, du lebst noch und bist unterwegs nach Rom. Alles hat sich verschworen, damit aus dem neuen Leben, das vor zwei Tagen noch möglich zu sein schien, nichts werden kann. Ich kann dir nicht einmal mehr weglaufen. Ich sitze hier fest, ohne alles, bis auf mein widerliches Drehbuch, die Schreibmaschine und die Reiseschecks, die im Schreibmaschinenkoffer versteckt sind. Ich habe noch einen Regenmantel, zu fest zum Zerreißen, aber ich kann nicht um diese Zeit ein Hotel suchen gehn, nackt und mit Regenmantel drüber. Außerdem sind nackte Männer mit Regenmantel drüber ein gefundenes Fressen für Polizeistreifen. Ich muß hierbleiben. Ich muß annehmen, daß du in etwa einer Stunde in Fiumicino ankommst und ein Taxi für die lange Fahrt nach Trastevere nimmst. Wenn ich dir gesagt habe, was ich dir jetzt sagen wollte, werde ich mich stoisch wieder an mein Skript setzen, so wie es nun einmal ist, und mich nicht wundern, wenn ich von unten deine Stimme höre, daß ich den *portone* aufmachen und dich reinlassen soll. Was bleibt mir denn anders?

Ich kann mich aus dem Fenster beugen, in ein Bettlaken gewickelt wie ein alter Römer, und dir erklären, daß du nicht reinkommst, daß alles aus ist, daß im Krankenhaus kein Fehler passiert ist, daß Leonora Beard nicht nur amtlich, sondern wirklich tot ist und daß du entweder ein Gespenst oder eine Schwindlerin bist. Oder aber ich kann die Schuhe anziehn und in meiner Gespenstertoga hinuntersteigen, dich einlassen, dein Gepäck diese mörderische Treppe hinaufschleppen, ohne ein Wort zu sagen, du hinter mir wie Eurydike, und ich schau mich nicht um, ehe du nicht unter den nackten Glühbirnen in dieser nackten Wohnung stehst. Dann werde ich dich so kühl ansehn wie irgend möglich, allerdings japsend. Du wirst noch schlimmer japsen, denn dir war schon immer auch die kleinste Steigung zuviel. Ich werde darüber entscheiden, wenn ich dich japsen sehe, ob du Leonora bist oder nicht. Leonora kenn' ich, das ist dir klar. Ich hatte mehr als sechsundzwanzig Jahre Zeit, sie kennenzulernen. Leonora hat ein winziges Mal auf der linken Wange, drei Viertelzoll unter dem Auge. Den Vorsprung des Haaransatzes, den man einen Witwenhügel nennt, etwas sehr Seltenes, den hatte, welch ironische Fügung, ausgerechnet Leonora. Lenora hatte immer Schuhgröße drei. Wenn ich darauf bestehe, dich noch weiter zu untersuchen, so finde ich bei der echten Leonora unter dem Bauchnabel eine blasse, beinah unsichtbare Narbe, Andenken einer Blinddarm-Operation in der Jugend. Wenn du meinen Augen und Ohren in allen Punkten genügst, werde ich alle weiteren Zweifel aufgeben. Du bist dann Leonora. Wiederhergestellt für eine kurze Zeit, hast du mir gesagt, aber alle Zeiten sind kurz.

Wir werden uns küssen, ohne Leidenschaft. Wiederhergestellt ist die kameradschaftliche Ehe, so wie wir die letzten Jahre in London gelebt haben. Aber du wirst sagen, davon hättest du nichts gehabt, ich hätte dir dein Anrecht auf körperliches Glück verweigert, und du hättest dich damit abgefunden, aber nur äußerlich. Du wirst dich zu manchen dringlichen, heftigen Behauptungen versteigen, weil die Auferstehung so kurz ist: Ich hätte dir die körperliche Liebe in dem vollen Wissen verweigert, daß du der Frustration den einen sicheren Auslaß gönnen würdest, der dich beizeiten umbringen müßte. Du könntest auch sagen, mein Beharren darauf, daß du mitkommen mußtest in den Fernen Osten mit all seinen physischen und moralischen Belastungen, die eine Europäerin nicht ohne weiteres erträgt, sei schon der erste Schritt zum Mord gewesen, zu einem langsamen und unbeabsichtigten zwar, aber doch zu einem Mord. Wenn du körperliche Befriedigung von mir willst, wirst du mich vergewaltigen müssen. Einen Mann vergewaltigen, ist für eine anziehende Frau gar nicht schwer. Aber wie anziehend bist du jetzt? Riecht dein Atem noch immer nach den komplexen Chemismen des körperlichen Verfalls? Deine Haut auch? Haben sie dich ausgestopft, geglättet und ordentlich wieder zugenäht?

Eine Nacht heulen, dann, gegen Morgen, Versöhnung und Einschlafen. Paola wird nicht gerade jetzt heimkommen und uns im Schlaf stören, da kannst du ganz sicher sein. Um neun dann wirst du auf den Viale de Trastevere gehn und mir etwas anzuziehn kaufen; du kennst meine Größen. Dann kann ich dieser kahlen, armseligen Wohnung mit den zerfetzten Ansichten von Rom für immer Lebwohl sagen, abschließen und den Schlüssel bei der alten Frau nebenan lassen. Wir nehmen ein Zimmer im Grand, im Excelsior oder Hilton und fangen zu trinken an. Wir trinken uns durch ganz Rom, die Sonne ist restauriert, der Regen fort und vorbei, und beim Trinken ergehn wir uns in Erinnerungen. Wir werden ganz zufrieden sein, Händchen halten und sagen, *Schatz, ist doch schön, daß wir wieder zusammen sind;* wir werden uns an unsere erste Begegnung erinnern, du als Studentin im zweiten Jahr, ich im letzten, an den spanischen Bürgerkrieg, München, unsere Sommerwanderung durch Frankreich im selben Jahr, als der Krieg kam. Erinnerst du dich an Hines, an Betty Pierce-Jones, Valerie Pickering, Punch Williams, die Zwillinge aus Nairobi, John A und John B, die Mensa, wo es die panierten Götzen gab, und den Theologieprofessor, der seinen Götzen lieber natur wollte, an Albertine Gosport, die nach Mandeln roch, Jack Pickford, der *Two Sleepy People* und *Skylark* spielte, Roy Wright, der nachempfundenen Rupert Brooke für eine Illustrierte schrieb und an den Tanzabenden die Vereinsbar vollkotzte? Und an den Krieg, an den Urlaub, wie wir uns auf das schmale Bett in South Kensington gequetscht haben, als eine Straße weiter die Bomben herunterkamen, wie wir uns gefreut haben, einen Mann zu finden, der frische Eier ohne Karten verkaufte? Ich könnte noch mehr aufzählen, die guten Tage im Osten, abgesehen von manchem Krach, wenn die Untreue herauskam, und mehr als an alles andere erinnere ich mich an das gegenseitige Verstehen mikrometrischer Gesten- und Sprechnuancen – alles wiederhergestellt.

Und wir werden wieder in unser Haus in Hammersmith ziehn, und da werde ich wieder still vor mich hin arbeiten, und du wirst still für dich lesen und ab und zu aufstehn aus deinem Spezialsessel am elektrischen Ofen und Dorsch braten oder eine braune Pastete aus dem Herd ziehn, mit herrlicher Kruste, und dann die Kneipen und die Dominopartien und die Vorbereitungen auf Weihnachten, und wie du einmal die verrückten Weihnachtslieder, die ich in Brunei gemacht habe, auf Tonband genommen hast und deine Schwester aus Bedwelly uns besucht hat und wie ihr die Bänder gefallen haben, und sie hat sie sich ausgeliehen und nie zurückgegeben. Eines Tages dann, gegen Ende des Winters, wirst du spucken müssen und wirst sagen, mir ist gar nicht gut, und ich werde den Arzt rufen, und dann – dann ist es bald wieder soweit, daß ich nackt auf dem Fußboden einer Wohnung in Rom sitze und so ein Zeug rede wie jetzt.

Nein! Was gut war, wird schlecht, wenn es noch einmal erlebt wird. Es gibt kein Zurück. Und der Tod? Tod ist der Zustand, in dem du bist, wenn die Leute denken, du bist es. Es hat keinen Zweck, über Beurkundungsfehler zu jammern, seht mal, fühlt mal, ich leb noch! Der Tod ist so notwendig wie das *ENDE* unter der letzten Seite meines Skripts. Geh hin und lebe, aber mit wem du willst, nicht mit mir! Nichts, und wenn es noch so gut ist, nichts darf zu lange dauern. Ich habe genug. Und noch etwas, Leonora oder Pseudo-Leonora. Du hast gelogen. Du hast nie mit Trenchmore über irgend etwas gesprochen. Und das weckt mir den Verdacht, daß dies alles trotzdem ein Schwindel ist, egal wie weit du ihn treibst. Ich mach mich jetzt wieder an die Arbeit, und beim Arbeiten werd ich einen saufen, und wenn ich beim Arbeiten besoffen einschlafe und dich nicht kommen höre, dann muß ich mir gar keine Vorwürfe machen. Alles spricht für mich. Ich bin rein, nackt und mißhandelt. Mein nackter Arsch ist kalt. Ende der Durchsage.«

Beard ging ins Schlafzimmer und wickelte sich in ein Bettlaken. Dann ging er in die Küche und tat einen tiefen Zug aus seiner Flasche mit Brandy Stock. Den Brand löschte er mit einem tiefen Schluck Carlsberg. Seufzend setzte er sich wieder an seine Arbeit. Mary Shelley war bei den ersten Seiten zu *Frankenstein,* sah mit großen Augen alles im Geiste vor sich, während Donnerschläge über den See krachten. Byron kam herein, leicht angesäuselt. »Meine liebe Mary, ich hab mir's überlegt, ich für mein Teil schreibe keine Gespenstergeschichte. Ist nichts für mich. Ihr werter Gatte ist draußen und hält Zwiesprache mit dem Gewitter, und nur Sie und ich sind noch im Hause, abgesehn von den Dienern, die anscheinend alle betrunken sind, hol sie der Teufel! Also will ich nur gleich damit herausrücken und Ihnen sagen, daß ich

Sie anbete. O nein, nicht geistig oder irgendwie so edel, wie sich der gute Percy das vorstellt, sondern schlicht, leiblich und solide. Ich bete Ihre reizenden kleinen Brüste an, die üppige Rundung Ihrer–« Das Telefon klingelte. Beard legte sich in seinem Laken auf den Steinfußboden im Vorderzimmer und nahm den Hörer ab.

»Leonora?«

»Was hast du gesagt? Was war das? Dort Ron Beard? Hier ist Greg Greg, altes Haus. Verfluchte Geschichte passiert. Hallo, bist du dran?«

»Von wo rufst du an, vom Grand?«

»Wollte Gott, da wär ich, altes Haus! Nein, eine verfluchte Geschichte ist passiert, wie schon gesagt. Wir sind entführt worden.«

»Wie bitte?«

»Hab mir schon so was gedacht, als ich eingestiegen bin, glaub ich. Wie ich dieses Scheißgekrakel auf dem Rumpf gesehn hab, arabische Buchstaben. Vier bewaffnete Israelis an Bord, Flugzeug beschlagnahmt, Kriegshandlung, haben sie gesagt. Was meinst du, wo ich jetzt bin? Rate mal!«

»Weiß der Himmel. In Jerusalem?«

»Nicht ganz, altes Haus, Bethlehem. Hätt' ich nie gedacht, daß ich da mal hinkomme. Ganz hübsches kleines Nest eigentlich, aber es wird ein bißchen schwierig sein, von hier nach Singapur zu kommen. Und ein Geld verlangen die hier für einen Gin! War doch komisch, daß ich dich bitten mußte, diese Bruneier Weihnachtslieder noch mal zu singen. Muß sich alles so irgendwie gefügt haben, wie man sagt. Alle haben gewußt, daß ich bald in Bethlehem landen würde.«

»Wer hat das gewußt?«

»Die zuständigen Stellen, altes Haus. Bei dem Verein, wo unsere Lebensreisen geplant werden undsoweiter. Aber weswegen ich dich eigentlich anrufe und was ich dir sagen wollte, ich hab schon wieder Leonora gesehn. Hier im Hotel beim Essen. Also diesmal hab ich mich nicht drum gekümmert, daß sie mich schneiden könnte. Ich sie angegrinst und zu ihr hingegangen, als sie grad den Obstsalat löffelt, aus Büchsen, nebenbei bemerkt, und gesagt, wie geht's denn undsoweiter. Und sie hat auch geantwortet, aber ich glaube, es war Hebräisch. Da siehst du, jeder kann sich mal irren. Also war sie's vermutlich auch nicht an dem Tag beim Dorchester. Tut mir leid. Ich rufe jetzt übrigens schon zum zweiten Mal an; eine Heidenarbeit, da durchzukommen. Bethlehem nach Rom – da müßte's doch eigentlich eine Direktverbindung geben. Jedenfalls, das erste Mal war deine kleine Itakerschnalle dran, und die hat mich vielleicht angehaucht! Hörte sich ganz schlimm an, jedenfalls dem Klang nach. Wenn ich du wär, altes Haus, würd' ich den Laden zumachen. Damit kommst du nicht weiter.«

»Was soll ich denn dann machen?«

»Ach nimm's, wie's kommt! So wie ich. Da sitz ich in Bethlehem, so ungefähr das letzte Nest, wo ich heute abend sein wollte, und muß sehn, wie ich wieder nach Kuching komme. Macht mir keine Sorgen. Trink einen, altes Haus, und laß die Welt rund sein, wie man sagt.«

»Ich glaub, das werd ich.«

»Ist das Beste. Muß jetzt Schluß machen, kostet ein Heidengeld. Melde mich wieder, wenn's was Neus gibt. *Selamat!*«

»Ciao!«

Greg Greg hatte ihm den Kopf entnebelt. Leonora war ein für alle Mal tot. Beard nahm einen dicken Daumenbreit Brandy Stock, löschte die Flammen mit Heineken und ließ sich in seinem Laken zwischen die Laken fallen. Er schlief fest, träumte aber von einem Taxi, das unten auf der Piazza hielt; jemand stieg aus, rüttelte am *Portone* und ging fort. Als er erwachte, fühlte er sich leicht, ausgeruht und geläutert. Rom lag in der Sonne, der Morgen war schon vorgerückt. Er zog Schuhe und Strümpfe und den Regenmantel an. Die bloßen, behaarten Beine leuchteten unübersehbar darunter hervor. Ob jemand drauf achten würde? Wenn schon. Er steckte sich Reiseschecks ein und holte den Paß aus der Reisetasche. In der Innentasche hatte er noch zweihundert Lire, mehr als genug für einen Kaffee. In der kleinen Bar um die Ecke schien niemand die bloßen Beine zu bemerken, aber viele betrachteten verwundert den Regenmantel. Schöner Tag, kein Regen mehr. Mit strahlend weißen Beinen ging er zum Viale und zur Bank von Sizilien, wo er sein Geld zu einem guten Wechselkurs bekam. Alles schaute verwundert auf den Regenmantel; exzentrischer Engländer, da waren nackte Beine nichts Besonderes. Dann betrat er ein Herrenausstattungsgeschäft namens Bevilacqua. Dort staunte man über seine Nacktheit und hatte Verständnis für den Regenmantel. Ausgeraubt worden. Er kaufte sich ein Paar nach unten hin enger werdende gestreifte *pantaloni*, eine Art hellgestreiften leichten Pullover und eine taillierte milchfarbene Jacke mit samtartigen Revers und hochgezogenen Schultern. So würde's gehn, als Arbeitskluft gut genug. Einen Hut wollte er nicht, aber Taschentücher ließ er sich geben. Dann fiel ihm ein, daß er seit Frühlingsanfang kein Taschentuch mehr bei sich gehabt hatte. Den Regenmantel überm Arm, pessimistischer Engländer, ging er über die Straße zum Zeitungskiosk gegenüber dem Dichter Belli und kaufte die *Times* von gestern und den *Messagero* von heute. Dann ging er wieder zurück und ruhte sich an einem Tischchen der Bar neben dem Reale bei einem schaumigen Milchkaffee aus.

Der *Messagero* meldete den Tod einer vermutlich vorher ausgeraubten Frau in der Nähe der Tiberinsel. Erkennung war nicht möglich, da Erkennungshilfen offenbar mit allem übrigen gestohlen. Frau mittleren Alters, helles, leicht angegrautes Haar, Hinterkopf mit einer schweren Waffe eingeschlagen. Polizei wäre dankbar für Hinweise, die zur Erkennung führten. Schilder in den Kleidern der Toten trugen Namen eines bekannten Londoner Damenausstattungsgeschäfts. Paßte nicht schlecht, dachte Beard und legte voll Mitleid den *Messagero* zusammen. Sollte Leonora noch nicht tot gewesen sein, nehmen wir an, dies sei nun die tote Leonora.

Die Bücherseite der *Times* brachte eine Besprechung von P.R. Pathans letztem Roman, *Solche Gnade vom Himmel*. Die Handlung schien nicht gut aufgezäumt zu sein, die Sprache ein bißchen prätentiös, der Dialog merkwürdig hölzern. »Alle Charaktere sind sich ähnlich«, schrieb der Rezensent, »und es berührt eigenartig, wenn sich ein Taxifahrer derselben Redeweise bedient wie der Anthropologe, den er befördert. Männer und Frauen sind, was den Dialog angeht, nicht zu unterscheiden, und man fragt sich, worauf Mr. Pathan eigentlich hinaus will. Gewiß, eine dunkle, ganzheitliche Aussage könnte im Hintergrund stehen, nämlich daß alle Menschen im Grunde ein und derselbe seien, vielleicht der Autor selbst, doch Romane werden aus dem Glanz der Vielfalt erschaffen, und hier finden wir kaum mehr als ein gleichförmiges Grau in Grau. Mr. Pathan sollte sich des Elementar-Handwerklichen in seiner Kunst aufs neue vergewissern, am besten, indem er einmal ein Bühnenstück oder sogar ein Filmdrehbuch schreibt. Lyrische Geschlechtsakte und Turnersche Seelandschaften mögen die feinschmeckerischen Leser von Prosagedichten befriedigen; das Erzählen aber verlangt nach Handlung, Konflikten und vor allem nach den Kontrasten der Redeweisen.« Guter Mann, der Rezensent; noch nie von dem gehört.

Beard schämte sich ein wenig, daß er nicht als erstes die Kriegsmeldungen gelesen hatte. Die Nachrichten schienen gut für Israel zu sein, denn die Ägypter waren auf irgendeine biblische Grenze zurückgeworfen worden. Waffenstillstand zu erwarten. Stoßet in die Trompete zu Neumond, singet einen Psalm, Psalter und Harfe, spielt auf, Halleluja! Ob die arme Miriam...? Paola jedenfalls konnte nun jeden Tag zurück sein. Seine Position hatte sich merkwürdig verändert; er war jetzt ebenbürtig, vielleicht sogar der Überlegene. Sex war eben doch nicht, was er gedacht hatte, nämlich eine güldene und kaum verdiente Gnade, wenn man schon ein Witwer um die fünzig war. Man braucht nur mal ein paar Scippatori zu verdreschen, und schon kriegt man die Orgie frei Haus. Wahrscheinlich waren die Männer, obwohl sie sich für die Täter hielten, schon immer die Opfer gewesen. Paola sollte sich mit dem Gedanken an die Heimkehr nach Hammersmith befreunden und sich mal mit dem Penguin-Buch über die klassische Küche Englands beschäftigen. Gegen Päpste, weltliche Regierungen und den brutalen *gallismo* konnte man nichts ausrichten, indem man eine Mao-Uniform anzog und Wüstengemetzel knipste. Den Ansatzpunkt mußte der Aufbau einer gemütlichen häuslichen Zivilisation bilden, die man einer jungen Frau mit marxistischen Neigungen (das hieß vor allem einem Jargon vom »Überbau« oder der *soprastruttura)* am besten als eine komplexe Semiotik darstellte.

Zu mittag aß er im Rugantino, wo man ihn nach *notizie* über die *signora* fragte. Sie muß bald wieder zurück sein, sagte er und bestellte ein großes Mixed Grill mit Pommes frites.

Und zu Trinken bitte eine Flasche von dem roten Bergerac da oben auf dem Regal. Ein Mann kam herein und nötigte den Speisegästen Unterhaltung auf, ein Gitarrenspieler mit dichtem Haar und gewalttätigem Aussehen, einen Zigarettenstummel im Mund. Seine Technik war klassisch; er spielte eine barocke Gavotte und ein Rokoko-Menuett. Als er Geld sammeln kam, gab Beard ihm dreihundert Lire und lud ihn in seinem feierlich-höflichen Toskanisch zum Niedersitzen und zur Einnahme eines Glases Bergerac ein. »Thanks«, sagte der Mann.

»Das hört sich englisch an!«

»Ich bin Engländer. Dachten Sie vielleicht, ein Italiener könnte so gut Gitarre spielen wie ich? Die haben der

Welt eine musikalische Terminologie geschenkt, aber im übrigen sind sie die unmusikalischsten Mißgeburten in Gottes großer Schöpfung. Neapolitanische Tenöre, ojeh, ojeh! Verdi mit seinem Rammtammtamm als Begleitung! Liegt natürlich an der Sprache. Die sagen immer, wie musikalisch sie wäre, aber sie meinen was ganz Unmusikalisches, nämlich den Mangel an rhythmischer Beweglichkeit, zu viele Reime, zu wenige Vokalschattierungen. Das Italienische ist so musikalisch wie ein neapolitanischer Tenor.«

»Und trotzdem sind Sie hier in Italien.«

»Es gibt einen Italiener, der einen mit ganz Italien aussöhnt, und das ist dieser Kerl mit dem Zylinder, der Belli. Kennen Sie seine Sachen? Blasphemische und skurrile Sonette. Und die übersetze ich. Meine Alte, mit der ich hier zusammenhause, hilft mir ein bißchen. Gitarre spiel ich nur so zum Leben; wirklich arbeiten tu ich nur an dem Belli, und das interessiert niemanden. Interessiert Sie's?«

»Freilich, und ob!« Beard empfand Erleichterung sowohl wie Enttäuschung: *Die* Aufgabe wurde ihm abgenommen, *die* Sorge war er los. »Ich habe selbst daran gedacht, ihn zu übersetzen.«

»Bitte nicht!« knurrte der Gitarrist. »Den Belli lassen Sie mir!« Er schlug einen grimmigen Sechstonakkord – E B E Gis B E – und psalmodierte:

Lots Töchter lagen, mangels eines Manns,
Beim Papa, der besoffen war, danieder
(Natur kennt keine Scheu, und Schwanz ist Schwanz).
Gott, möcht' man meinen, dem Inzest zuwider,

Will die Familie innig eins und ganz,
Doch haßt er wie die Pest die warmen Brüder.

»Muß noch ein bißchen dran gefeilt werden«, sagte er zum Schluß, A E A Cis E.

»Aber und ob da noch gefeilt werden muß, entschuldigen Sie!« sagte Beard. »Aber machen Sie nur weiter. Es ist ein sehr verdienstvolles Vorhaben.«

Als Beard wieder zu dem Mietshaus kam, fand er im Briefkasten ein Telegramm. Er verstand es nicht, war aber sicher, daß es mit dem grausamen Schwindel zu tun hatte: BEDAURE AUFRICHTIG STOP JAHRE DES WECHSELS GRUSS HANSON. Wer zum Teufel war Hanson? Und warum hieß es nicht kürzer WECHSELJAHRE, sofern das gemeint war? Er stieg bedächtig treppauf (wer zum Teufel), schloß auf (Hanson), legte sich japsend auf den Boden und las in der *Times*. Da war noch ein Artikel, den er übersehen hatte, über britische Filmmusik von Sir Arthur Bliss bis zu der glatten neuen Generation, zu der auch Alfred Trenchmore gehörte, der für seine Partitur zu *Mittagsglut* mit dem Ivor-Novello-Preis ausgezeichnet worden und vor kurzem nach Hollywood gegangen war, um ein Musical zu schreiben; außer ihm noch Michael Lewis, John Barry und andere. Wer in Gottes Namen war Hanson?

Um fünf rief Leonora an. Sie hätte von irgendwo in Rom anrufen können, zum Beispiel aus dem Leichenschauhaus, aber sie war nicht in Rom

»So ein Mist, Schatz, an der Bar im Flughafen bin ich umgefallen, in Ringway, nicht in Fiumicino, und Ceridwen mußte mich wieder mit heim nehmen. Jetzt sieht es so aus, als ob ich wieder in eine Klinik muß, in Cheadle oder irgendwo hier. Ich lieg jetzt im Bett, gar nichts los mit mir, also pack doch bitte gleich die Reisetasche und mach, daß du herkommst! Ich brauch dich, ich brauch dich!«

»Welche Adresse?«

»Dalton Road, Boggartshaw, Nummer zwei.«

»Gut. Nun sag mir bitte eines: Kennst du jemanden namens Hanson? Könntest du mit einem Telegramm etwas anfangen, in dem etwas von Beileid und Wechseljahren steht, unterzeichnet Hanson? Schatz, mein ich.«

»Schatz von dir, oder hast du Schatz zu mir gesagt?«

»Zu dir natürlich. Schatz!«

»Der Name Hanson bedeutet mir nichts. Der Name Hanson bedeutet mir soviel wie trockne Hundescheiße auf der Straße. Er bringt keine Saite in meinem Herzen zum Klingen. Ist deine Frage damit beantwortet?«

»Danke! Häng jetzt lieber auf und gönn dir ein bißchen Ruhe!«

»Sag mir, daß du mich liebst, sag, du willst mich in den Arm nehmen, sag, du willst mich übern Tisch ficken! *Sag es!*«

Es war ein ungehöriger Wunsch, irgendwie leichenschänderisch. Beard legte sachte den Hörer auf. Dann ging er sachte wieder an seine Arbeit, verschwiemelt von dem Bergerac und dem Brandy Stock hinterher, in Gedanken über den Ursprung des Ausdrucks *Küchentragödie*.

Drei Tage später kam Paola zurück. In den ersten Morgenstunden, als er über seinem Skript brütete, hörte er eine Autotür zuknallen, und eine Stimme, die sein Herz hüpfen ließ, rief dem startenden Fahrer ein *Ciao* nach. Er rannte ans Fenster im Vorderzimmer und sah, wie sie unten gerade den Schlüssel in den *Portone* steckte. Er riß die Wohnungstür auf, überflutete die finstere Treppe mit Licht und rannte hinab, ihr entgegen.

»*Tesoro mio!*«

»*Amore!*«

Sie marschierte treppauf wie ein Soldat, hatte die Uniform seither nicht gewechselt, den Tornister auf der Schulter, die Kameras in Bereitschaft. Er stolperte hinterdrein wie ein Regiments-*Bishti*, luftschnappend, aber als sie zum letzten Absatz kam, hastete er mit letzter Kraft an ihr vorbei, um erst zu erklären, was sie erwartete.

»Schau nicht hin. Gar nichts. Viel zu erkl–«

»Gar nichts? Sie sog tief die Luft ein, wie um Pathans intimen Schweißgeruch zu erkennen, aber ebenso wie Beard selbst nahm sie nur so etwas wie einen Solschenytsin-Geruch wahr, nach Armut und billigen Zigarren. »Also ist er gekommen«, sagte sie. »Und du hast ihn reingelassen. Ich hab doch gewußt, daß man auf dich nicht zählen kann.« Sie schritt von einer Leere in die andere, er hinterdrein.

»Laß mich's doch erst erklären, *tesoro!* Dieser Greg Greg–«

»Was ist das?«

»Ein alter Freund, Gregory Gregson, na ja, sowas wie'n alter Freund, aus dem Osten, aber dem Fernen, nicht von da, wo du warst. Der ist über Rom gekommen, auf dem Rückflug nach Kuching. Wir sind den ganzen

Tag zusammen gewesen. So daß dieser verfluchte Prrrrp in aller Ruhe–«

»Das hier sind doch wohl meine Fotos von Rom. Warum hast du sie zerrissen, wie kommst du dazu? Was ist hier los gewesen?«

»Vier Mädchen sind eingebrochen, aus Rache für das, was Greg Greg mit diesen zwei verfluchten Dieben gemacht hatte, und mit ihrer Lambretta, und die sind nackt gewesen, die Mädchen, mein ich, und die–«

»Soso! Es ist ja einiges los gewesen. Was trägst du denn jetzt für Sachen?«

»Als die mir alles weggenommen haben, nicht, aber wie, mit Gewalt! Da hatte ich doch nichts mehr anzuziehn. Alles aus dem Fenster geschmissen.«

»Ach, du warst auch nackt?«

»Na, mußt' ich doch. Die haben mich gezwungen. Ach, war das eine furchtbare Zeit! Aber fleißig bin ich auch gewesen, viel geschafft an meinem Skript. Komm, schau mal!« Er wollte mit ihr in die Küche gehn. Sie kam nicht mit.

»Alles, aber auch alles weg! Dazu muß er doch einen ganzen Tag gebraucht haben.«

»Na ja, ich war auch den ganzen Tag im Grand Hotel. Aber ich war grad noch rechtzeitig wieder zurück, um zu sehn, wie er sich den letzten Aschenbecher in die Tasche gesteckt hat.«

»Du hast ihn gesehn? Und mit ihm gesprochen?« Sie war Feuer und Flamme; keine Frau kann eben ertragen, einen Mann fortgehen zu sehn, noch dazu den eigenen.

»Ich hab ihm ganz schön Bescheid gesagt, oder, jedenfalls, versucht hab ich's. Und diese Treppen!«

»Hat er von etwas Bestimmtem geredet?«

»Ach, nichts weiter. Nur, daß du ihn grausam enttäuscht hättest, und eine Hure wärst du und würdest wahrscheinlich im Moment, wo er das sagte, mit einem syphilitischen Araber schlafen.«

»Wo er was sagte?«

»Daß du eine Hure wärst und nicht treu.«

»Ah so! Die Araber hat er schon immer gehaßt, weil sie Moslems sind. Er hat gesagt, er wäre Hindu, aber er haßt Gemüse. Und die Schwarzen, die hat er auch sehr gehaßt.«

»Ich hab ihn natürlich scharf angefaßt, nicht? Ich meine, das brauch ich ja wohl nicht eigens dazusagen.« Nachdem er wieder hinreichend Luft bekam, steckte Beard sich eine Mercator an.

»Du mußt aufhören, diese Dinger zu rauchen. Du wirst sie dir auch gar nicht mehr leisten können.«

»O, dafür reicht's immer«, sagte Beard vergnügt. »Aber jetzt, *amore,* erzähl mir mal, wie der Krieg war!«

»Was er gesucht hat, waren Fotos. Leichter für ihn, alles gleich mitzunehmen. Er wird gedacht haben, die Fotos sind irgendwo drin versteckt. Aber die Fotos liegen bei der Banca Commerciale.«

»Was für Fotos?«

»Fotos von ihm«, sagte sie ruhig. »Wie er die Sachen macht, die er unbedingt machen wollte. Hier in dieser Wohnung.«

»Sexuell?«

»Vermutlich könnte man's sexuell nennen, aber schlimmer. Ich hab Aufnahmen davon gemacht. Ich dachte, sie könnten nützlich sein für, für, für–«

»Erpressung?« O ihr kahlen Wände, könntet ihr reden!

»Ja. Falls er versuchen sollte, mich wegen Ehebruch oder Unzucht ins Gefängnis zu bringen. Zuzutraun ist es ihm. Er hat früher einmal gesagt, das würde er machen. Daher brauchte ich die, die–«

»Erpressung, jaja, ich versteh schon. Möchtest du einen Kaffee, *tesoro?* Ich habe Zinnbecher gekauft, einen kleinen Kochtopf und Nescafé. Feuer haben wir, Wasser haben wir, und ein Fleckchen zum Schlafen haben wir auch. Das Lebensnotwendige, wie die Soldaten! Wie war denn der Krieg? Hast du gute Bilder gemacht?«

»Entsetzlich! Und so entsetzliche Bilder! Aber vielleicht sind sie deshalb gut. Die ganze Wohnung verwüstet, eine Wüste! Na, ist vielleicht besser so. Jedenfalls weniger Arbeit.« Sie begann sich auszuziehn, aber kalt, wie für eine Routine-Untersuchung beim Arzt. »Nein, keinen Kaffee! Kaffee ist nichts, was man einfach so trinken kann, so nebenbei. Manche würden alles hergeben für eine Tasse Kaffee. Und eine Zigarette. Ich habe das Rauchen schon aufgegeben. Wir werden jede Lira brauchen. Jetzt zieh diese scheußlichen Sachen aus, und dann gehn wir zu Bett. Ach so, wir haben kein Bett, wie in der Wüste. Und im Bett werd ich dir alles erklären.«

»Nicht reden!« sagte er. »Nur lieben! Reden können wir morgen.« Er wollte ihre Nacktheit umarmen, aber streng wies sie ihn ab.

»Das wird jetzt anders mit der Liebe«, sagte sie. »Wir müssen jetzt an eine andere Art Liebe denken.« Meinegüte, dachte Beard, was der Krieg aus den Menschen macht! Wenigstens lagen sie nackt beisammen, als sie im Bett waren, sofern man es ein Bett nennen konnte, aber die Nacktheit schien nur Entblößung zu bedeuten, die keine Wollust verhieß. Es paßte zu der Wohnung.

»Schätzchen, Schätzchen!«

»Nein, jetzt nicht! Hör mal, das war eine furchtbare Sache, der Krieg, obwohl er so kurz war. Was so furchtbar ist, ist das Leiden der Unschuldigen. Also jetzt kriegst du eine Chance, mal richtig was zu arbeiten.«

»Was meinst du mit richtig was arbeiten? Ich hab geschuftet wie ein Galeerensklave.«

»Willst du behaupten, daß das richtige Arbeit ist? Einen Film schreiben über dusslige Leute, die dusslige Gedichte schreiben und sich um alles Elend und Unrecht rings um sie her nicht kümmern?«

»Das kann ich nicht mit anhören. Vermutlich hat dir schon mal jemand erzählt, was für ein Prachtstück die Mary Shelley gewesen ist, weil sie über die Männertyrannei und die Schändung der Frau geschrieben hat, und weißgott, was man noch alles in das Frankenstein-Monster hineinlesen kann. Aber Shelley und Byron haben immerhin *etwas getan.* Shelley war ein Märtyrer für die geistige Freiheit, Byron ist für die griechische Unabhängigkeit gestorben, und die liebe holde Mary wird eine Heilige, weil sie einen hysterischen Schauerroman geschrieben hat. Nennst du das Gerechtigkeit? Mein Film sagt die Wahrheit. Das heißt, soweit es geht. Hast du übrigens zufällig in Moshe Dayans Hauptquartier eine Frau getroffen, die– Na, macht nichts, ist auch nicht wichtig.«

»Jetzt sag ich dir mal, was wichtig ist. Die Flüchtlinge! Die Kinder, die ihr Zuhause und ihre Eltern verloren haben! Sieben davon nehmen wir hier auf. Oder vielleicht sind es auch acht. Die Namensliste hab ich im Rucksack. Also in gewisser Weise ist es ein Segen, daß die Wohnung ausgeräumt worden ist. Die Kinder sind gewöhnt, auf dem Boden zu schlafen. Du wirst wegen der Sprache nützlich sein.«

Beard konnte gut zwanzig Sekunden lang nichts mehr sagen. »Flüchtlinge?« sagte er dann. »Hier drinnen? Aber der Hauswirt wird es nicht erlauben.«

»Der Papst hat seinen Segen gegeben und die Christdemokraten auch. Und natürlich auch die Kommunisten. Der Hauswirt kann gar nichts machen.«

»Jüdische Flüchtlinge?«

»Nein, du Dummkopf, die Juden haben den Krieg doch gewonnen. Es sind alles Araber. Mit Namen wie Hassan ibn Abdullah und so. Isa binte Ismail.«

»Omar Ali Saifuddin?« Beard begann der Kopf zu schwimmen.

»Du kannst Arabisch. Wird nützlich sein.«

»Ich kann kein Arabisch. Bis auf die paar Wörter, die ins Malayische übernommen wurden. Hör mal, mein Engel, mein Herzchen, Schätzchen, das ist doch Wahnsinn!«

»Ein bitter nötiger Wahnsinn. Ich hab mir schon überlegt, wie wir die Zimmer einteilen. Wir werden im Studio schlafen, weil es das kleinste ist. Aber den kleinen *epilettico* müssen wir vielleicht mit zu uns hinein nehmen, denn den andern trau ich nicht, was ihn angeht.«

»Ein kleiner Epileptiker?«

»Ja. Ich glaube, es ist der eine, der Omar Ali und noch sowas heißt. Das älteste Mädchen, Isa – heißt Jesus, hast du das gewußt?«

»Ja, ich weiß.«

»Die ist nicht ganz zurechnungsfähig. Vielleicht hat das etwas mit ihren Kopfverletzungen zu tun. Sie ist von jemand zusammengeschlagen worden. Vor dir wird sie den Rock heben. Ich weiß nicht mehr so recht, ob dir noch zu trauen ist, nach der Geschichte, die du mir erzählt hast.«

»Mir kannst du vertrauen. Und wie du mir vertrauen kannst!« Was tun? Am besten vielleicht losgehn, sich richtig vollaufen lassen und FICKT DEN PAPST! an die sixtinische Kapelle schmieren. Lieber nicht, wären zu viele mit einverstanden. Oder FANFANIS ARSCH DEN SCHWULEN! draußen an den Quirinal. Jedenfalls irgendsowas, damit die Polizei ihn schnappte und ins Gebäude der Questura an der Via Nazionale brachte. Dann kein Italienisch sprechen wollen, einfach immer wieder bloß *Fuck you Eyties* sagen. Würde mit Deportation enden, nicht meine Absicht, *tesoro.*

»Alle Leute in Borneo, von denen du erzählt hast, haben so Namen wie Abdullah oder Ismail gehabt. Den Koran kennst du auch, hast du gesagt. Von deinen Radiosendungen waren doch manche auf Arabisch.«

»Du meinst, ich soll den ganzen Tag hier sitzen und auf epileptische Araber aufpassen?«

»Palästinensische Araber. Du kannst schon noch deine Drehbücher schreiben. Das Geld werden wir nötig haben. Ich geh und mach meine Arbeit wie bisher. Wir wollen versuchen, ob wir aus diesem großen, leerstehenden Haus am andern Ende der Straße nicht ein Flüchtlingszentrum machen können.«

»Wer ist wir?«

»Der Römische Journalistenverband. Du kannst dir ja nicht vorstellen, wie grauenhaft das ist, der Krieg!«

»Ich bin sechs Jahre im Krieg gewesen, verdammt noch mal! Das hier waren sechs Tage. Ich mach nicht mit.«

»Und du behauptest, du liebst mich? Du willst ja nur meinen Körper.«

Beard atmete mehrere Male tief durch. »Besprechen wir das alles morgen früh.«

»Es ist schon Morgen.«

»Wenn die Sonne aufgeht. Wenn wir einen Nescafé getrunken haben. Das Telefon klingelte. »Geh nicht ran!« sagte Beard. »Das wird noch mal Greg Greg sein. Er versucht nach Kuching zu kommen, aber in Karachi ist seine Maschine entführt worden. Ich nehme an, er wird jetzt in Samarkand sein.« Aber sie war schon aus dem Bett gestiegen, wenn man es ein Bett nennen konnte, nackt und bloß. Er ging ihr nach, nackt und bloß, seufzend. Einen Nescafé brauchte er jetzt. Und natürlich auch Brandy Stock. Er zündete das Gas an und stellte den billigen, gebrauchten Schmortopf drauf, mit dem abgestandenen Wasser, das schon darin war.

»Pronto.« Und dann: »Yes, I speak English.«

»Hab ich dir doch gesagt, es ist Greg Greg.«

»Ja. Ich verstehe.« Sie vollzog sehr schnell den Übergang von ungläubigem Erstaunen zu einer Art entsetztem Interesse, dann zu einer Anteilnahme, die auf Entrüstung vorausdeutete. »O ja, schrecklich, ich verstehe!

Ja, werde ich. Das tut mir sehr leid, ich wußte nicht. Ja. Wiederhören.« Sie, die Entblößte, sah den entblößten Beard an, der zugelassen hatte, daß man die Wohnung von allem entblößte, der selber entblößt worden war, der entblößten Mädchen erlaubt hatte, die Wände von so vielen ihrer Fotos zu entblößen und die Fotos zu zerreißen, dem die Not der arabischen Palästina-Flüchtlinge keinen Eindruck machte, sah ihn an wie eine, die trotz allem Vorangegangenen über den letzten Gipfel offenbarter Schlechtigkeit erschüttert war, doch zugleich auch gelassen, wie es nur jemand sein kann, der den Krieg in der Wüste erlebt hat. »Sie hat sich als Mrs. Beard vorgestellt. Deine Frau. Du hattest gesagt, daß deine Frau tot sei.«

»Und sie ist auch tot. Das eben, weiß ich, wer es war, ist eine Schwindlerin gewesen. Sie liegt im Sterben, hat sie gesagt, nicht? Ich soll zu ihr ans Bett kommen, nicht? Verdammt noch mal, ich hab das alles schon im März erledigt. Sie ist tot, das kann ich beweisen. Das ist nämlich noch so etwas, was hier los gewesen ist, solange du fort warst. Ich werde verfolgt.«

Was sie nun sagte, sagte sie zumeist auf italienisch. Er senkte den Kopf, als wäre es banndrohendes Kirchenlatein. Draußen begann der Regen zu prasseln wie der Chor in Bachs Johannespassion, der nach der Kreuzigung schreit.

/7/

1 Heute abend brachte Mrs. Ceridwen Beard etwas Besonderes auf den Tisch. Der Hauptgang war ein Gericht, das früher bei den großen waliser Bergmannsfamilien an den Zahltagen beliebt gewesen war: Ein Stück Rindfleisch und ein Hühnchen, langsam zusammen mit Lauch, Zwiebeln, Mohrrüben und Kartoffeln in einer kräftigen Brühe gekocht, mit einem großen Glas Portwein angereichert und einem Schnäpschen kurz vor dem Auftragen. Als Nachtisch gab es Stachelbeerauflauf mit viel Schlagsahne, und eine Platte waliser Kuchen stand auf dem Tisch, um alle etwa noch verbliebenen Lücken zu stopfen. Als Waliserin hielt Mrs. Beard nicht viel von den Iren, aber auf den Irish Coffee verstand sie sich vorzüglich. Den tranken sie am Feuer, während sie auf den Anfang des Film warteten. Die Nachrichten im Fernsehen waren schlecht wie immer, voll mit Krieg im Heiligen Land und herumgestoßenen Flüchtlingen aus Palästina. Während der Nachrichten klingelte das Telefon.

»Das wird sie wieder sein«, sagte Ceridwen. »Rücksichtslos, wo doch jetzt gleich dein Film kommt.«

Leonora Beard oder Mrs. Gwyneth Hanson hatte schon zwei Auferstehungen vollbracht und sah ihrem dritten Tod entgegen.

»Ja«, sagte Beard zu dem Telefon.

»Schatz, ich muß sterben. Sie haben mich in dies kleine Zimmer gelegt, am Ende der Station. Komm her und fick mich! Ich will noch mal gefickt werden, bevor ich sterbe.«

»Aber heut abend gibt's doch meinen Film im Fernsehen. Du weißt doch, den über Frankenstein.«

»Wieder mal typisch, du Schuft! Denkst an Frankenstein und nicht an deine arme Frau.«

»Versuch doch ein bißchen zu schlafen, meine Gute! Ich komm noch vorbei und schau zu, wie du stirbst, wenn der Film aus ist.«

»Du Schuft, du Dreckschwein! Bigamist! Ich werd dir nachspuken, wirst du sehn! Ich werd über deinem verfickten Bett schweben, ich lach mir eins, weil du nicht mehr kannst.«

»Versuch doch ein bißchen zu schlafen, meine Gute. Der Film fängt jetzt an.« Er hängte auf.

Trenchmores Musik grollte laut und grimmig während des Vorspanns. Dann wurde sie plötzlich angestrengt lyrisch. Bei den Namen des Produzenten und des Regisseurs schmetterte und heulte sie ohrenbetäubend. »Ein Radau!« sagte Ceridwen.

Der Film trug den Titel *Milord Luzifer*. Beim Verleih an die Kinos war er nicht allzu gut gegangen, und daher hatte man ihn schnell ans Fernsehen verkauft. Von der »geistigen Schönheit« hatte er nichts, und überhaupt war von Shelley nicht viel zu sehn und zu hören. Alles drehte sich um Byron, wie er humpelnd und augenverdrehend um den Genfer See tobte, mehrere *contesse* bumste und auch die Madame de Staël. Mary Shelley, ein vollbusiges junges Ding, machte ihn aus Rache zu ihrem Frankenstein, weil sie ihn haben wollte, aber nicht kriegte, bis kurz vor Schluß, als *Frankenstein* schon geschrieben und in unmöglichem Tempo herausgebracht worden war. Lieder gab es keine, aber Trenchmore hatte immer etwas Atmosphäre parat, mit Grollen, Poltern und angestrengt lyrischem Hinschmelzen vor busenwogender Leidenschaft und herrlichen Alpenpanoramen, manchmal gleich beidem. Als man Shelley nach seinem anachronistischen Schiffbruch – mit Blitz und Donner – kurz, aber eloquent betrauert hatte, war die Rede davon, daß Mary nun eine Lady Byron werden sollte, aber daß da nichts draus werden konnte, das sah man dem Byron an den Augen an, denn die leuchteten vor freisinnigen Gedanken an fortgesetzte Unzucht, und der See, über den sie hinschweiften, flimmerte vor Ahnungen von Missolunghi.

Beard hatte den Film natürlich schon öfter gesehn; er hatte sogar bei der Nachsynchronisation mitgearbeitet, aber er war mit Marshall McLuhan darin einig, daß der Fernsehschirm die ästhetische Wirkung eines für die Leinwand gedrehten Films radikal veränderte. »Schade, was für ein Schrott!« sagte er zu Ceridwen. »Ob das Kino jemals erwachsen wird?«

»Nicht mehr zu deinen Lebzeiten, *cariad!*«

»Aber vielleicht zu deinen?« Er grinste zu ihrer dunklen Geschmeidigkeit herab und streichelte ihr den Hals.

»Zu *unseren*. Denk nicht immerzu ans Altwerden, du Idiot!« Sie war dreiunddreißig und sah aus wie sechsundzwanzig. Dann fragte sie: »Was hat Gwyneth denn diesmal gesagt?«

»Das Übliche. Sie möchte auf dem Totenbett noch mal flachgelegt werden.«

»Und sie war mal so eine feine, stämmige, handfeste Frau! Wenn sie doch bloß diesen Hanson nicht geheiratet hätte!«

»Davon hab ich gar nichts gewußt. Ich dachte immer, sie wäre Gwyneth Isherwood.«

»Beides schlimm genug! Wäre sie bloß bei der Schauspielerei geblieben!«

»Sie *ist* dabei geblieben. Bis jetzt.«

»Mir dauert dies Spiel schon ein bißchen zu lange. Es ist irgendwie Blutschande, es ist obszön. In Zukunft werde ich immer an den Apparat gehn und sagen, du seist nicht da.«

»Komische Sache, das mit der Blutschande. Hat eigentlich mit Blut überhaupt nichts zu tun. Mystisch könnte man's nennen. *Er paarte sich mit seines toten Weibes Schwester.* Klingt doch entsetzlich, nicht?«

»*Sie paarte sich mit ihrer toten Schwester Gatten.* Klingt noch schlimmer. Ich kann mir denken, daß das manch eine, die ein bißchen durcheinander ist, anmacht, meinst du nicht?« Ceridwen jedenfalls schien davon angemacht, aber vielleicht auch von Paul Newman oder von Byron oder von Beards Hand, die über ihren Nakken und ihre Schultern strich.

»Ins Bett?«

»Nein, hier, ich mag's vor dem Feuer. Da hast du ein bißchen angesetzt«, sagte sie, seinen Bauch streichelnd.

»Du fütterst mich zu gut.«

»Ich muß dich knapper halten. Und du darfst wirklich nicht mehr so viel rauchen. *Diw mawr*, dein Herz, wie das rast!«

»Das kommt nicht vom Rauchen.«

II »Zum ersten Mal in meinem Leben«, sagte Beard, »bin ich wahrhaft frei. Ich kann rauchen, essen und trinken, so viel ich will, und pfeif auf die Folgen.«

Er saß in Dr. Bloomfields Sprechzimmer und rauchte die fünfte Zigarre am Vormittag. Es war der 6. Januar. Der Bildkalender an der Wand kam ihm vage bekannt vor. Sie hatten noch den ganzen Vormittag Zeit. Die Thanatologie war ein vergleichsweise neues Gebiet, psychologische Sterbehilfe noch keine sehr gefragte Dienstleistung. Bis drei Uhr nachmittags hatte Dr. Bloomfield keine anderen Anmeldungen. Wenn Beard zahlte, hätten sie sogar zusammen essen gehn können, ein ausgiebiges Lunch, mit doppelten Kognaks und dicken Zigarren nachher.

»Was ist das für ein Kalender da?« frage Beard und kniff die Augen zusammen. Seine Augen waren nicht mehr so gut neuerdings, sehr störend. Lohnte aber nicht, daß er zum Augenarzt ging, hinausgeworfenes Geld. »Diese Szene kommt mir bekannt vor.«

»Ansichten von Rom«, sagte Dr. Bloomfield. »Ziemlich eigenwillig, sozusagen eine oblique Sichtweise. Geschenk von Tannenbaum, einer pharmazeutischen Großhandlung in Genf. Also, wie fühlen Sie sich denn?«

»Gut. Das Augenlicht ist nicht besonders, leichte Taubheit in der rechten Wade. Ungewöhnlich starker Appetit, nicht nur beim Essen, sondern auch sexuell.«

»Wäre klassisch, nach McGregors Darstellung. Aber

woher er das wissen kann, ist mir ein Rätsel. Die Schweitzersche Krankheit ist noch seltener als die Hanburysche oder die Diplocksche.«

»Wie lange würde er mir noch geben?«

»Vielleicht sechs Monate. Vielleicht drei. Kommt ganz darauf an, wie vorsichtig Sie mit Ihrem Herzen umgehn.« Dr. Bloomfield, dachte Beard, sah viel eher als er selbst danach aus, als müßte er sich mit dem Herzen in acht nehmen. Obwohl er kaum über vierzig sein konnte, tauchte sein Hals schon ganz und gar in einem ungesund wirkenden weißen Fettwulst unter. Einen Bauch hatte er wie ein höherer Prälat und rauchte filterlose Zigaretten, eine nach der andern. Vielleicht war das moribunde Aussehen für eine Thanatologen berufsnotwendig; es weckte beim Patienten Vertrauen: Der hier konnte buchstäblich vorangehen.

»Mein Herz soll machen, was es will«, sagte Beard. Seine Zigarre war ausgegangen; er steckte sie wieder an.

»Na gut. Lassen Sie uns zuerst ein paar Fragen stellen. Dann werden wir sehn, was in allgemeiner Hinsicht daraus folgt.«

»Sollte ich's meiner Frau sagen?«

»Oh, da kann ich Ihnen keinen Rat geben. Nach meinen Erfahrungen spricht der Patient sich immer darüber aus, früher oder später, auch dann, wenn er sich geschworen hat, er will es nicht tun. Er trinkt ein paar, und dann brüstet er sich gewissermaßen damit. Oder er will Mitleid erzwingen, wenn seine Frau ihm wieder einmal seine Fehler vorgehalten hat. Immerhin, es ist unangenehm für die Frau, mit dem Wissen leben zu müssen. Und der Mann wird reizbar, denn sie beobachtet ihn ja die ganze Zeit, nicht? Was man tun könnte, wäre zum Beispiel verreisen. Sagen wir, eine Geschäftsreise. In der Todesmeldung steht dann Herzanfall oder Lebensmittelvergiftung. In irgendeine kleine Stadt in Nordafrika zum Beispiel, wo das Hotel dann die Polizei ruft und die Polizei einen wegen der Hitze schnellstens begraben läßt.

»Es wäre aber furchtbar, wenn man zu früh verreiste. Zwei Monate elendes Couscous essen, wenn man Lauchsuppe haben kann, waliser Lammkeule und, nun, sie wissen ja!«

»Ich weiß, die Annehmlichkeiten der Ehe. Nach McGregor nun gibt es ein ganz eindeutiges Warnsignal, so wie ein Lämpchen, das aufblitzt, wenn kein Sprit mehr im Tank ist. Damit zeigt die Krankheit gewissermaßen das baldige Ende an. Das linke Auge beginnt heftig zu zucken, anscheinend immer das linke. Wenn es das rechte ist, hat es nichts zu bedeuten. Links ist schlecht, rechts ist recht.«

»Wie lange dauert das Augenzucken?«

»Zehn bis vierzehn Tage. Man kann es mit einer Klappe verdecken, um sich Verlegenheiten zu ersparen. Dann kommt das Koma. Poetisch, nicht. Dann kommt das Koma. Es ist keine schlechte Krankheit«, sagte Dr. Bloomfield und erweiterte die Zigarettenkette um ein neues Glied. »Wollte Gott, daß alle Krankheiten so wären. Krebs ist grauenhaft. Krebs macht einen wirklich an die Existenz des Bösen glauben. Krebs ist der lebendige Leib des *nequissimus draco.* So heißt der Teufel«, erklärte er, »im Formelbuch der alten Exorzisten. Schade, heute sprechen auch die nicht mehr lateinisch.«

»Ich dachte, Sie wären jüdischen Glaubens.«

»Ich glaube alles und jedes, was ich glauben muß.«

»Miriam ist dem Drachen entwischt.«

»Ganz knapp. Zwei Stunden vor dem Waffenstillstand noch zersiebt worden. Eine herrliche Frau!«

»Allerdings. Wie alt ist dieser Moses oder Moshe oder wie er heißt?«

»Etwa mein Alter. Warum?«

»Denkt er daran, noch mal zu heiraten?«

»Nein, er will weiterkommen mit seiner Sprachphilosophie, was immer das sein mag. Aber ich weiß, woran Sie denken. Rufen Sie ihn mal an! Laden Sie ihn zum Essen ein! Er ist nicht orthodox. Hummer, in der eigenen Milch gekocht, würde er essen. Nächste Frage.«

»Was ist nach dem Tode?« Beard hatte erwartet, daß Dr. Bloomfield bei der Frage nach Luft schnappen würde und sagen, *aber um Himmels willen, mein lieber Mann;* statt dessen nickte er und nahm einen tiefen Zug aus der Zigarette. Offenbar war er die Frage schon gewöhnt.

»Das fragen Sie mich«, sagte er, »nicht aus einem sozusagen *positiven* Interesse. Sie haben Angst, daß es womöglich doch eine Hölle gibt, stimmt's? Die Leute sind doch alle gleich: Sie kommen ohne den Himmel aus, aber nicht mit der Hölle. Jetzt sagen Sie mir mal: Weswegen machen Sie sich Vorwürfe? Warum glauben Sie, eine ewige oder sozusagen ewige Strafe könnte Ihnen bevorstehn, wenn die Schweitzersche Krankheit Ihnen den Rest gegeben hat?«

»Ich war schlecht zu meiner ersten Frau. Ich weiß nicht recht, ob ich zu meiner zweiten viel besser bin.

Zwischen den beiden hatte ich eine Freundin, die ich schwer enttäuscht habe. Ich meine, glaub ich, ich hab es wissentlich und vorsätzlich an der Wohltätigkeit fehlen lassen.«

»Haben wir alle. Aber wenn wir in der einen Hinsicht nichts geben können, können wir es immer noch in einer andern. Sie haben den Menschen Vergnügen geschenkt. Wer weiß, wie viele kranke und einsame Menschen Ihren Namen segnen würden, wenn er ihnen bekannt wäre. Ich meine, wegen der Filme, Fernsehstücke und dergleichen. Sachen, die vielleicht manchem wieder Mut gemacht haben.«

»Das ist ein Gewerbe. Wohltätigkeit ist nichts, wofür man bezahlt wird.«

»Niemand wird *nach Wert* bezahlt. Man macht seine Arbeit, und der Wert ist Dreingabe. Der Wert entsteht, wenn man etwas besser macht, als es sein müßte. Und die Wohltätigkeit? Nicht jeder hat das Temperament für sie, nicht jeder ist dazu berufen. Es hat keinen Sinn, sich Vorwürfe zu machen, weil man zum Beispiel außerstande ist, einer Million Kriegswaisen ein Zuhause zu geben. Gut, fünf oder sechs davon könnte man vielleicht in einem leerstehenden Zimmer unterbringen und ihnen jeden Tag eine Schüssel Reis hinstellen. Aber das wäre nur Wohltätigkeit im herablassenden Sinne, wie im neunzehnten Jahrhundert. Wohltätigkeit bedeutet *caritas,* und die wiederum bedeutet Liebe. Und der erste, den man lieben lernen muß, ist man selbst. Lieben Sie sich selbst?«

»Nein.«

»Nun, dann können Sie auch niemand anders lieben.

Sie haben also noch viel zu tun in den nächsten Monaten. Lernen Sie sich selbst zu lieben! Oder wollen Sie im Haß scheiden? Fangen Sie mit Ihrer linken Hand an! Bewundern Sie ihren Bau, staunen Sie über die Beweglichkeit der Finger, seien Sie dankbar für den Daumen, freuen Sie sich über die Falten auf den Knöcheln! Fassen Sie Zuneigung zu dem Fett Ihres Bauches! Hören Sie sich Aufnahmen Ihrer Stimme an, seien Sie glücklich über ihre unendliche Modulationsfähigkeit. Freuen Sie sich über Ihren Appetit und Ihre Gelüste!«

»Und ist die Krankheit auch ein Teil von mir? Soll ich diese Taubheit in der rechten Wade auch lieben?«

»Natürlich nicht. Die Krankheit ist die Feindin, aber keine liebenswürdige, die zugleich eine Nachbarin wäre. Sie ist der *nequissimus draco.* Man bekämpft sie durch philosophische Unterwerfung. Für Sie ist das natürlich leicht. Miriam hat einen anderen Feind zuhilfe gerufen, sie hat ihr menschliches Entscheidungsrecht ausgeübt. Miriam, nebenbei gesagt, hat ihren Körper weiterhin geliebt. Bemitleidet hat sie ihn natürlich auch, aber es gibt kein Mitleid ohne Liebe.«

»Wobei Ihnen natürlich klar ist«, sagte Beard, »daß Sie die Liebe nicht definiert haben.«

Dr. Bloomfield stieß eine große Seufzerwolke blauen Rauches aus. »Die Symbiose«, sagte er. »Das Gefühl einer lebendigen Ganzheit. Der Wunsch, ein Teil davon zu sein, der Wunsch, mit einem Teil von sich ein Teil dieses Ganzen zu sein.« Beard schüttelte traurig den Kopf. »Sie sind anscheinend noch nicht überzeugt«, sagte Dr. Bloomfield. »Aber Sie werden noch überzeugt werden. Sie *müssen's* werden, verdammt noch mal.«

III Etwa um die Zeit als die Zuckungen einsetzten, zog es Beard zum letzten Male nach Rom. Ceridwen bemerkte das Zucken sehr bald. Beard wußte, den Augen einer Gattin entging nichts.

»Mach dir keine Sorgen«, sagte er. »Wahrscheinlich von der Überarbeitung.«

»Wenn du mit diesem Zucken in Rom herumläufst, kriegst du Schwierigkeiten. Mit hitzköpfigen Ehemännern und so. Ich glaube nicht, daß du ganz auf dem Posten bist. Ist denn diese Sache in Rom so wichtig?«

»Interessant ist sie, und das ist die Hauptsache. Eine sechsteilige Fensehserie über das Leben Spinozas, englisch-italienische Koproduktion. Genug Platz für Ideen und intellektuelle Dialoge, kein Platz für irgendwas anderes. Es kann natürlich sein, daß ich's nicht mache. Vielleicht liegen mir die italienischen Kollegen nicht. Aber ich meine, ich sollte hin.«

»Und wie lange wird es dauern?«

Er hätte weinen können. »Nicht sehr lange. Darf ich noch ein Stück waliser Kuchen haben? Und bitte noch etwas Tee!«

»Dick wirst du, weißt du das? Ah, *Diw mawr,* fängt sie schon wieder an!« Das Telefon klingelte. »Ich finde, es reicht. Du bist zu tolerant gewesen. Ich auch.«

»Sagen wir, es ist eine Buße. Für mich, mein' ich.«

»Aber du warst gut zu Leonora. Wenn du halb so gut zu ihr warst, wie du es zu mir bist, konnte sie sehr, sehr zufrieden sein. Leg doch das Ding neben den Apparat! Soll sie sich selber was vorfluchen!«

»Man sollte Mitleid mit ihr haben. Und das heißt, man sollte sie lieben.«

»Lieben? Dieses Biest? Wenn ich daran denke, was ich für sie getan hab, als ich sie in meiner Bude in Manchester hatte, wie ich die ganzen Informationen von Trenchmores besorgt hab und wie sie die Treppen runtergeschlichen ist und am Telefon ihr Gift abgelassen hat! Und alles Auslandsgespräche! Na, ich hab sie aber bezahlen lassen, kann ich dir sagen!«

»Hast du mir doch alles schon erzählt, *tesoro!*«

»Was war das für ein Wort? Klang italienisch?«

»Cariad wollt ich sagen. Da, sie hat's schon wieder aufgegeben.« Das Klingeln hatte aufgehört. »Ich will versuchen, sie zu lieben«, sagte er. »Ich will mir die größte Mühe geben.«

»Mußt du nicht. Es reicht doch, wenn du mich liebst, oder?« Sie legte ihre lange weiße Hand auf seine braune, pummlige. Er zuckte zusammen. Da setzte ein Schmerz ein; mußte er McGregor erzählen, Vervollständigung der Symptomliste für künftige Fälle, sofern noch welche auftreten sollten.

»Doch, es reicht«, gab er zu.

»Richtig geil siehst du aus mit dem Auge«, kicherte sie.

In einer Drogerie an der Hauptstraße von Hammersmith kaufte er sich eine Augenklappe. Als er von Heathrow nach Rom abflog, filzten ihn die Sicherheitsbeamten, meinte er, mit mehr als der üblichen Sorgfalt. Sein piratenhaftes Aussehen weckte Verdacht, wohl in nostalgischer Erinnerung an die Comics der Kinderzeit oder an *Die Schatzinsel* im Fernsehen. Als er im Grand Hotel ankam, war Greg Greg schon da. Diesmal war er unterwegs nach Westen; er kehrte nicht aus dem Urlaub zurück, sondern begann ihn. Sie waren verabredet. Beard hatte stillschweigend ein Telegramm nach Kuching geschickt; Gregson konnte seinen Jahresurlaub so ziemlich nach Belieben nehmen.

»Du siehst ja aus wie der Lange John Sowieso, altes Haus. Was hast du denn gemacht, beim Umkippen an die Kante der Theke geknallt?«

»So ähnlich. Was willst du trinken?«

»Die gehn auf mich, altes Haus. Gin, *molto enormo,* Tröpfchen *merah,* Tonic, zweimal, *lekas-lekas.«* Beard betrachtete ihn; er war dicker und kahler; er fand ihn erträglich, nein. liebenswert. Er liebte den Zeigefinger, wie er über den dünnen grauen Schnurrbart strich; diese ganze braune, fleckige feiste Hand war ein technisches Meisterwerk.

»Du hast nicht zufällig mal wieder Leonora gesehn?« frage Beard.

»Dachte, ich hätt sie auf der Batu Road in Kuala Lumpur gesehn. Ich war da in Vertretung für Seymour. Aber sie war's nicht. Schien Holländisch zu sein, wie sie mir geantwortet hat. Nein, inzwischen glaub ich dir's, sie ist ein für alle Mal tot. Aber nun gibt's ja eine neue Mrs. Beard, nicht? *Cheers, selamat minum,* mögest du ewig leben, bis ich dich begrabe!«

»A proposito«, sagte Beard.

»Wie?«

»Hast du schon mal von dem protestantischen Friedhof gehört?« sagte Beard. »Hier in Rom?«

»Aber hör mal, altes Haus, hier ist doch alles voller Katholiken; Atheisten sind auch zugelassen, Protestanten nicht.«

»Keats liegt da begraben, einer, dessen Name ins Wasser geschrieben wurde. Shelley auch. Da wird auch noch für Ron Beard Platz sein. Jedenfalls, du sollst dich um die Leiche kümmern.«

Greg riß den Mund auf. »Bist du denn–? Was zum–? Meinst du–? Sei fair, altes Haus, was ist los?«

»Es kann jetzt jeden Tag soweit sein«, sagte Beard heftig. »Ich hab es besser als die meisten Leute, ich weiß, daß es kommt. Verdammt noch mal, Mann, ich bin besser dran als Shakespeare, Napoleon, verflucht viel besser als Marlowe und Keats und, oje!, Chatterton. Und als Jesus Christus«, fügte er hinzu.

Greg Greg war sehr nachdenklich. Die nächsten Getränke bestellte er in schlichtem Englisch. »Also«, sagte er, »du kratzt ab. Glaub ich dir, altes Haus, warum solltest du lügen? Springt ja nichts für dich dabei raus, letzten Endes. Die Ärzte alle einig, wie? Aber du weißt ja, immer kann man denen nicht trauen. Komische Sache, aber ich komme mit dem Sterben nicht gut zurande. Ich meine, es fällt mir schwer zu glauben, daß jemand wirklich weg und hinüber sein soll. Manche Leute seh ich dann immer wieder, weißt du ja, wie Leonora zum Beispiel. Dich werd' ich auch wiedersehn, und wenn ich dann zu dir hingeh, in einer Kneipe, auf einem Flghafen oder irgendwo, und sage *na, wie geht's denn?* dann kuckst du wie'n Karpfen oder antwortest auf Kroklowaffzi. Hätte ich damals gelebt, als Jesus noch unterwegs war, wär mir das Glauben überhaupt nicht schwergefallen, wenn ich's mir überlege. Lazarus aus dem Grab aufgestanden: Ich hätte ihn als erster in einer Bar getroffen, wenn's damals schon Bars gegeben hätte, Jesus Bar Joseph, aber das war wieder was anderes. Und das mit Jesus selbst, gar kein Problem! Wer war doch der ungläubige Scheißer?«

»Thomas.«

»Richtig. Weiß der Himmel, wie der zu seinem Job gekommen ist, so ein ungläubiger Hund! Wie fühlst du dich denn so, altes Haus?«

»So gut man's nur hoffen kann. Das Urteil heißt Koma, irgendwann dieser Tage. Aber darauf werd ich nicht warten. Ich schlag ihm ein Schnippchen, wirst du noch sehn. Von dir hätt' ich gern, daß du die Sache mit der Botschaft erledigst, oder vermutlich mit dem Konsulat; die Botschaft ist nur für große Sachen. Ich weiß nicht, ob unsre noble Regierung Geldumtausch für Begräbnisse im Ausland erlaubt. Vermutlich sagen die, jedermann hat die Pflicht, zuhause zu sterben, seit das Empire hin ist. In Italien begraben werden, ist unpatriotisch. Jedenfalls, ich möchte auf den protestantischen Friedhof, wenn da irgend Platz ist.«

»Ich werd schon dafür sorgen, daß die für dich Platz machen, altes Haus, wenn du nun mal da hin willst. Und wenn sie von den andern Scheißern ein paar rausschmeißen müssen! Schuhseppe, noch zwei Gin, *molto enormo!*

IV Einen Abschiedsbrief an Ceridwen schrieb er nicht. Sie hatte, als sie ihn heiratete, ihre Lehrerinnenstelle in Manchester naturgemäß aufgegeben; aber ihr Konto bei der Distriktbank hatte sie behalten. Seine eigenen Gelder hatte er stillschweigend auf dieses Konto transferiert, womit der Erbschaftssteuer ein

Schnippchen geschlagen wurde – eins auf die Löffel für den feindlichen Drachen. Dennoch glaubte er nicht, daß sie etwas erraten würde. Plötzlicher Herzanfall, konnte man vorher nicht wissen. Sie hatten keine Geheimnisse. Ein Liebesbeweis, alles hergeschenkt. Sogar das Haus in Hammersmith stand auf ihren Namen im Grundbuch. Später würde er sie noch anrufen und ihr sagen, daß er sie liebte. Jetzt, während Greg Greg den Nachmittagsrausch ausschnarchte, um sich für den Abend zu rüsten, hatte er einen Brief zu schreiben – noch dazu mit der Feder, für den professionellen Skriptenschreiber eine mühsame Sache –, seinen ersten und letzten Brief an Paola. Er schrieb:

»Liebste Paola, *tesoro, amore* und was der Worte mehr sind. Ich würde Dir gern italienisch schreiben, aber am Ende bleibe ich doch ein monoglotter Engländer, unwürdig der Mitgliedschaft in einer Völkergemeinschaft, gefesselt an eine einzige Sprache, eine Küche, einen insularen Mythenkomplex. Aber ich glaube, wenn ich jetzt sagte, *Domina, non sum dignus,* so gäbe das wieder, was ich empfinde. Du hast mich in einer schlechten Zeit wieder zum Leben gebracht, und meine Dankbarkeit kennt kein Ende. Aber noch während ich das schreibe, sehe ich den Fehler. Ich hätte meinen Dank durch Erweis der Bereitschaft zeigen sollen, die neue Welt, deine Welt anzuerkennen, welche die oberflächliche Ordnung, ablehnt, die Gemütlichkeit, Blasiertheit, das Gähnen über dem Feuer. Ich glaubte, ich sei bereit, mich von allem entblößen und mit einer neuen Ritterlichkeit wappnen zu lassen, einer neuen Wohltätigkeit, aber ich war zu alt, schwach und ängstlich. Ich machte, daß ich dahin zurückkam, wo ich mich auskannte, wurde aber, mehr als ich es verdiente, mit der Liebe einer Frau gesegnet, die deine Wohltätigkeit und Leidenschaftlichkeit besaß und besitzt und auch ein wenig von deiner Schönheit und die zugleich der einen Welt angehört, die ich kenne. Trotzdem, ich gestehe mein Versagen und bitte um Vergebung. Laß mich dir am Ende noch sagen, daß ich dich liebe.«

Es wäre ihm um vieles leichter gefallen, sich eine Situation auszudenken, in der ein Sterbender einen Abschiedsbrief an eine Geliebte schrieb. Er hätte eloquent sein können, das wußte er. Ihm wurde schlecht im Gedanken an die Heuchelei seines Handwerks und die Untauglichkeit der Worte im Dienste der Wahrheit. Er steckte den Brief in einen Umschlag und schrieb mit dem Hotelkugelschreiber ihren Namen drauf. Paola Lucrezia Belli, aus der Familie der Schönen. Er nahm sich vor, ihn morgen hinzubringen.

Bevor er das Stadium des Lallens erreichte, äußerte Greg Greg, dessen Name nun etwas mit Schäfern, Herden und weidenden Lämmern zu tun zu haben schien, die Bereitschaft, Nummer 5 81 93 45 anzurufen und herauszufinden, wer sich dort meldete. Er kam zurück an die Theke und sagte:

»Der Pathan, der Halunke. Kenn doch seinen Kanakenakzent, und ein *r* kann er nicht sprechen. *Wundebaw, ich bwing sie an den Appawat.* Und dann ist diese Schnalle gekommen, schöne Stimme, leise und sexy, entschuldige, altes Haus, hätt ich nicht sagen sollen, und ich, ganz ete petete, wie ich ja auch kann, ich sag, Madam, hier ist Mr. Linklater von der *Sunday Times,* und ich möchte gern mit Ihnen wegen so ein paar Bildern sprechen, aber diese Verbindung ist so miserabel, ich kann Sie kaum hören, und darf ich wohl morgen nachmittag um drei noch mal anrufen? Gut, sagt sie, und das war's. Hab ich doch richtig gemacht, oder?«

»Ich hab's doch gewußt, daß sie noch da wohnt«, sagte Beard. Wenn man in Rom einmal eine Wohnung hat, zieht man nicht mehr um, solange einen der Hauswirt nicht rausschmeißt. Trotzdem, sie hätte ja fort sein können, irgendwas knipsen. Also, und dieses Schwein von Pathan – eigentlich bin ich nicht überrascht. Wenn ein Mädchen dir egal ist, gehst du nicht hin und klaust ihr die Schlüpfer. Der ist doch ein schwaches Hälmchen im Wind, das arme Schwein! Der braucht sie.«

Am nächsten Morgen fuhr Beard mit einem Taxi zum Verwaltungsgebäude der Radiotelevisione Italiana, vor dessen Haupteingang sich ein mächtiger steinerner Hengst aufbäumte – das einzige männliche Wesen in der ganzen Anstalt, sagte man, das sich durch den Besitz von Hoden auszeichnete. Er hatte eine Besprechung mit Dr. Ottavio Cenci, Dr. Mario Positano und Dr. Emilio Carlo d'Amico. Keiner von den dreien verstand viel Englisch, aber Beard gelang es, ihnen seine Lage begreiflich zu machen: bevorstehende schwere Operation, ohnehin keine echte Befähigung für das Projekt, darf ich wohl von ganzem Herzen hier einen meiner früheren Mitarbeiter empfehlen, George Halliwell-Stubbs? Den Nachnamen hörten sie mit ungläubigem Erstaunen an und notierten ihn, hoffentlich annähernd richtig. Dann verabschiedete sich Beard und ging mit Greg Greg, der einen üblen Kater hatte, zum Lunch ins

Rugantino. Es fing an zu regnen. Sie tranken Antipasto mit Gin und Tonic, aßen eine Art Mixed Grill, dazu zwei Flaschen Bergerac und als Nachtisch Vanilleeis in Whisky, dann doppelte Espressos und Strega.

»Ich möchte gern«, sagte Beard, »auf dem Weg vorbei an dem« – er taumelte ein wenig – »Belli-Standbild. Reverenz erweisen.«

»Weiß nicht, ob du nicht besser den kürzesten Weg nimmst, hier lang? Du siehst gar nicht gut aus, Alter, wenn's dir nichts ausmacht, daß ich–«

»Geht schon wieder besser. Hätten aber Regenmäntel mitnehmen sollen, glaub ich.« Sie kamen an der Esperia und am Reale vorbei, an dem leeren Taxistand. »Da steht er«, sagte Beard, »ein Feind der Phrasen, ein Kämpfer gegen religiöse Heuchelei und weltliche Tyrannis.«

»Aber doch ein Jammer, daß er diesen Zylinder auf hat. Ich meine, Kopf und Hut sind doch aus demselben Klumpen gehauen, und jedes Kind weiß, daß er nichts da drunter hat. Nur dieser belämmerte Hut!«

»Ich hätte auch mehr gegen den Staat kämpfen sollen. Finanzamt hat Dylan Thomas umgebracht, und die Devisenkontrolle hat George Orwell lieber an TB sterben als in ein Schweizer Sanatorium gehen lassen, und, Herrgott, Mann, was nicht noch alles! Ich spuck auf den Staat.«

Gregson deklamierte:

Erkenn dein Spiegelbild
im Staat:
Um jeden Mundvoll
Rotz wär's schad.

»Von wem ist das?« frage Beard und spürte den nahenden Schwächeanfall.

»Na von dem hier, nicht, Belli, nein, Bellow oder Belloc. Mein Papa hat uns das mal aufgesagt. He, Alter, paß auf!«

Zu spät. Beard kippte um, in guter altrömischer Manier vor dem Standbild eines großen Mannes. Er tat sich nicht weh. Er lag neben einer kleinen Pfütze und sah, ganz aus der Nähe, ein Stückchen Rom darin gespiegelt. Also darum war's gegangen. »Schon gut«, sagte er und stand wieder auf. Zwei vorüberkommende Frauen sagten etwas von *ubriaco, ubriaco,* und die eine deutete ein Zuprosten an. Greg war empört.

»So ist's recht, du dusslige Itakerzicke, immer gleich das Schlimmste annehmen, wenn ein Mann umfällt!« Zu einem jungen Geistlichen, der bekümmert den Kopf schüttelte, sagte Beard, während er sich am Hosenboden die schmutzigen Hände abwischte:

»Non sono ubriaco. Sto morendo.« Der Priester gab ihm keinen Segen, vielleicht aus Angst, es könnte so aussehn, als segne er Belli. Durch eine Seitenstraße schwankten die beiden Protestanten zur Piazza Santa Cecilia. Als sie vor dem Haus 16 A standen, sagte Beard: »So, das wär's denn schon beinah, Greg! Du und ich, wir haben in einem volkstümlichen Restaurant in Trastevere zusammen gegessen, und dann hast du den Wunsch geäußert, die Kirche zu sehen, wo die Gebeine der Schutzheiligen der Musik, wie es die Überlieferung will, vermodern. Worauf ich gesagt habe: Nun, wenn wir schon einmal hier sind, so will ich noch einen der bedeutendsten Erzähler unserer Zeit aufsuchen, der, wie man mir

glaubwürdig versicherte, im Obergeschoß dieses Hauses wohnt. Die Treppen freilich sind zuviel für den armen Teufel. Das Herz!«

»Ich glaube, diesmal müssen wir uns die Hände schütteln«, sagte Greg. »Wir haben doch manche guten Tage im Fernen Osten gesehen. Zuviel getrunken natürlich, aber das war schon so manch eines wackern Mannes Schwäche. Also, ich kümmre mich um alles weitere, altes Haus.«

Mit benebelter Feierlichkeit schüttelten sie sich die Hände, und während Gregson winkte und ihm einen aufmunternden Erfolgswunsch nachrief, begann Beard die endlose Treppe zu ersteigen. Mörderisch, aber das war der Sinn der Übung. Den Brief an die Geliebte hielt er mit der einen Hand fest, die nicht um die lose Eisenschiene geklammert war, welche die Treppe Absatz für Absatz als Geländer begleitete. Sein überklapptes Auge zuckte wie verrückt. Immer mühsamer atmete er dunkles, staubiges Feuer ein. Den Mund aufgerissen wie ein Wasserspeier, die Beine wie am Knie abgehackt, den Brustkorb wie von innen her zertrümmert und zwischen all den grinsenden Treppenteufeln, die sich um ihn drehten, stand er zur eigenen Überraschung vor der vertrauten Tür mit dem unvertrauten Namensschild: MR. AND MRS. P. R. PATHAN. Mit zittrigen Tanzschritten trat er näher, ging in die Hocke und schob den Brief ganz leise unter der Tür durch. Aber sie hätten ohnehin nichts gehört. Die Wohnung, ob nun mit dem alten oder mit neuem Mobiliar, hatte nun jedenfalls ein Hi-fi-System mit starken Lungen. Beards Überraschung, daß er noch am Leben war, verging für einen

Augenblick unter im Entzücken über das, was dort spielte:

From harmony, from heavenly harmony,
This universal frame began.
When nature underneath a heap
Of jarring atoms lay
And could not raise her head,
The tuneful voice was heard from high:
Arise, ye more than dead!

Drydens Ode an St. Cecilia, in der Vertonung von Fisher. Beard fühlte sich verrückterweise ganz gut bei Kräften, und sogar das Zucken hatte nachgelassen. Er begann, die Treppe hinabzusteigen. Unten angekommen, fand er Greg Greg, der große Augen machte.

»Immer noch auf den Beinen, altes Haus? Freut mich natürlich, dich zu sehn, aber nach allem was du über deinen Zustand und das alles gesagt hast, muß ich doch sagen, ich bin ein bißchen überrascht. Jedenfalls, weil du schon einmal da bist, wie hieß doch dies Schwein in Brunei Town, das früher mal Amateur-Jockey gewesen war?«

»Hieß der nicht Mudd?«

»Ja doch, Mudd. Ich hab zuerst auch an Mudd gedacht, aber der Name kam mir unmöglich vor. Was machst du denn jetzt – es noch mal versuchen?«

»Was sonst?«

»Na, dann viel Erfolg, altes Haus. Hände schütteln brauchen wir wohl nicht noch mal, wäre ja irgendwie sinnlos.«

Diesmal mußte Beard es schaffen, schon dem guten Greg zuliebe. Er versuchte, den ersten Absatz im Laufschritt zu nehmen, aber die Beine machten nicht mit. Hand über Hand zog er sich an der Eisenschiene hoch. Hab doch immer gesagt, diese Scheißtreppe wird noch mal mein– MR. AND MRS. P. R. PATHAN.

The trumpet's loud clangour
Incites us to arms
With shrill notes of anger
And mortal alarms.
The double double double beat
Of the thundering drum
Cries: Hark, the foes come.
Charge, charge, 'tis too late to retreat.

Als Beard wieder unten ankam, probte Greg Gregs Gesicht verschiedene Ausdrucksstellungen, ohne sich recht entscheiden zu können, welche hier angebracht sei: Ärger, Verachtung, Mitgefühl, Belustigung und so weiter.

»Geht wohl nicht, wie es soll, altes Haus?«

»Versteh ich auch nicht. Hätte schwören können, diesmal passiert es. Ich meine, verdammt noch mal, du bist doch selber schon die Treppe hochgestiegen. Du weißt doch, wie's einem geht, wenn man oben ist.«

»Dies Gefühl, daß man sterben muß, hat man vielleicht nur, wenn man's nicht wirklich muß, verstehst du? Willst du noch mal hinauf?«

»Ich denke, ja.« Beard steckte sich eine Mercator an und zog tief den Rauch ein. »Entschuldige, tut mir alles sehr leid.«

»Ist nicht schlimm, altes Haus. Also, jetzt versuch's noch mal richtig! Und diesmal wünsch ich dir einen echten britischen Bombenerfolg.«

Die Ode ging gerade zu Ende, *allegro maestoso allargando molto.*

The dead shall live, the living die,
And music shall untune the sky.

Als Beard mit schamrotem Gesicht wieder unten ankam, sagte Greg Greg: »So geht es einfach nicht. Genug ist genug. Versuch's morgen noch mal!«

»Entschuldige, verflucht schleppender Fortgang. Vielleicht ist mir doch das Koma vorbestimmt.«

»Nichts gegen zu sagen. Machen wir, daß wir wieder ins Grand kommen! Tod an der Theke wär auch nicht schlecht, oder? Aber komisch, in Bars sieht man nicht oft jemanden sterben. Jedenfalls nicht an natürlichen Ursachen. Weißt du noch, Causley im Schneemann in Brunei? Wie dieser braune Halunke, der Minggu, den abgemessert hat? Da, schau, ein Taxi! *Taxi!* So halt' doch, du Affe! Gott im Himmel, er hält!«

Beard hatte einen Mordsdurst. Als er mit Greg in das Taxi stieg, schien es ihm, daß er so glücklich war wie nur je im Leben. Was zu tun war, hatte er getan, und nun konnten sie die ganze Nacht saufen. Der Regen rauschte jetzt nieder, und sie hatten doch wahrhaftig ein Taxi.